兒童的學習 叢書

大偵探 福爾摩斯

SHERLOCK HOLMES

DIY ①

CONT

目

ΞΝΤs

錄

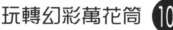

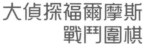

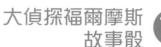

人物介紹

福爾摩斯
倫敦最著名的私家偵探，精於觀察分析，各方面的知識也十分豐富。

華生
曾是軍醫，為人善良又樂於助人，經常幫大家看病。

愛麗絲
房東太太親戚的女兒，牙尖嘴利又聰明過人。

M博士
福爾摩斯的宿敵，天文地理醫學，無所不通。

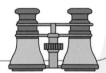

小兔子
少年偵探隊的隊長，最愛多管閒事。

李大猩&狐格森
蘇格蘭場的孖寶警探，愛出風頭但魯莽笨拙。

4

大偵探福爾摩斯DIY
01
小兔子報童帽

小兔子戴的報童帽，可算是當時社會低下階層的穿着象徵，由於易於配襯，如今已被詮釋為不受拘束、中性造型的復古時尚。

製作難度：★★★☆☆
製作時間：30 分鐘

 大偵探福爾摩斯DIY 01　小兔子報童帽

p.7、9紙樣

硬卡紙
只須用 2cm×2cm

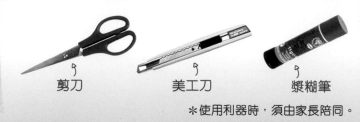

剪刀　　　美工刀　　　漿糊筆

製作流程

＊使用利器時，須由家長陪同。

1 剪下6張帽子紙樣，如圖拼合。　6張紙樣拼合的樣子。

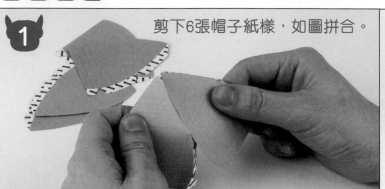

2 用美工刀劃開長方形紙樣的黑線，如圖將它與帽沿拼合。

4 貼着帽沿那段長方條塗上漿糊，與帽子拼合。

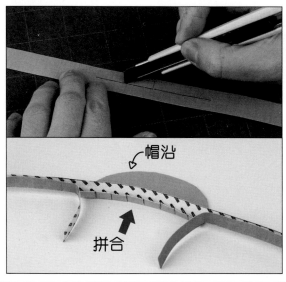

帽沿

拼合

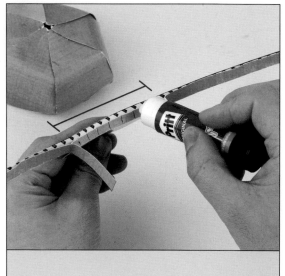

3 帽沿的中央對着帽子的其中一個交接點。

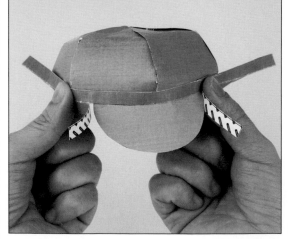

 5　先拉右邊的長方條至帽子後方的交接
點，並塗漿糊黏好。

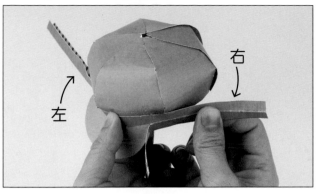

▼長方條會比帽子邊緣短，每個交接位都稍
摺一些，使看來有柔軟感。

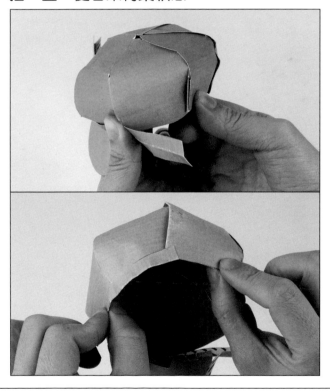

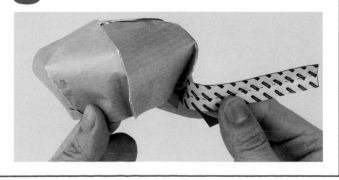 **6**　再拉左邊的長方條，塗漿糊黏好。

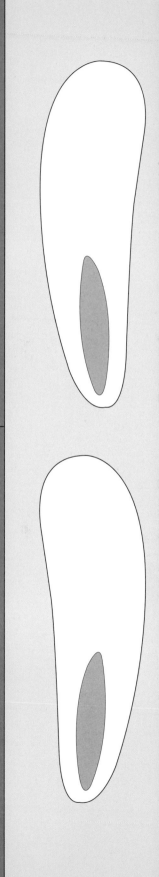

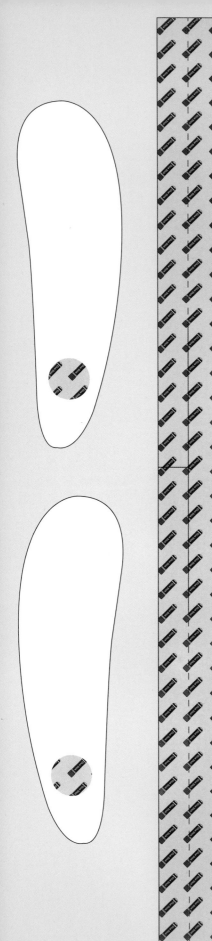

▼覆在右邊的長方條上。

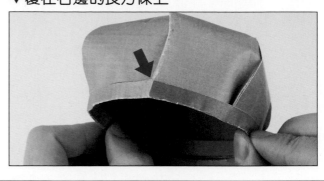

7 帽沿後方也黏好。

8 將帽頂貼在硬卡紙上，再剪下來。

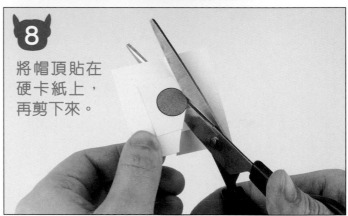

貼上帽頂。

貼上耳朵。

完成

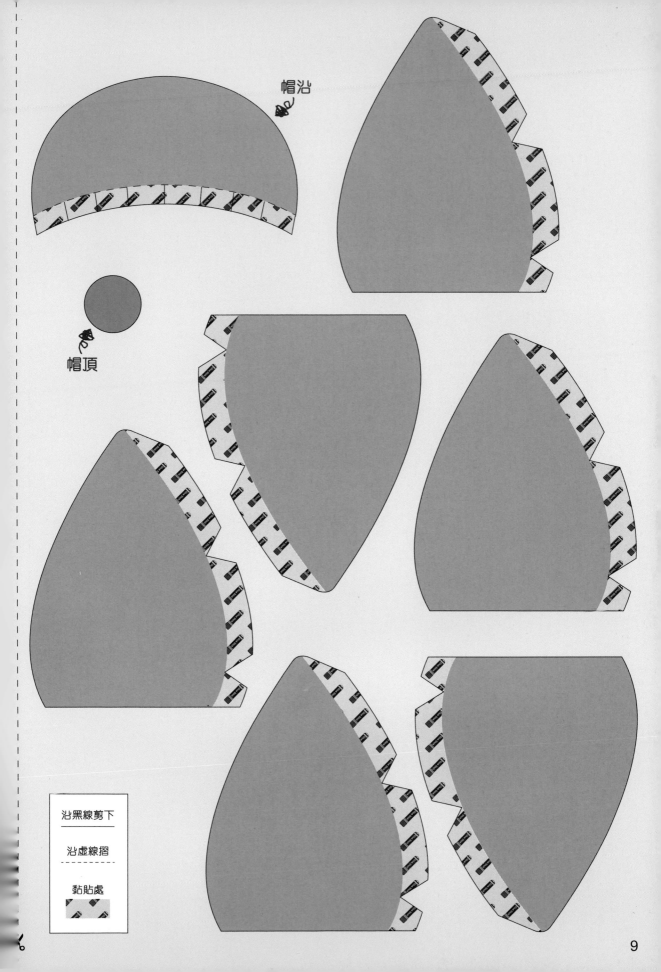

帽沿

帽頂

沿黑線剪下

沿虛線摺

黏貼處

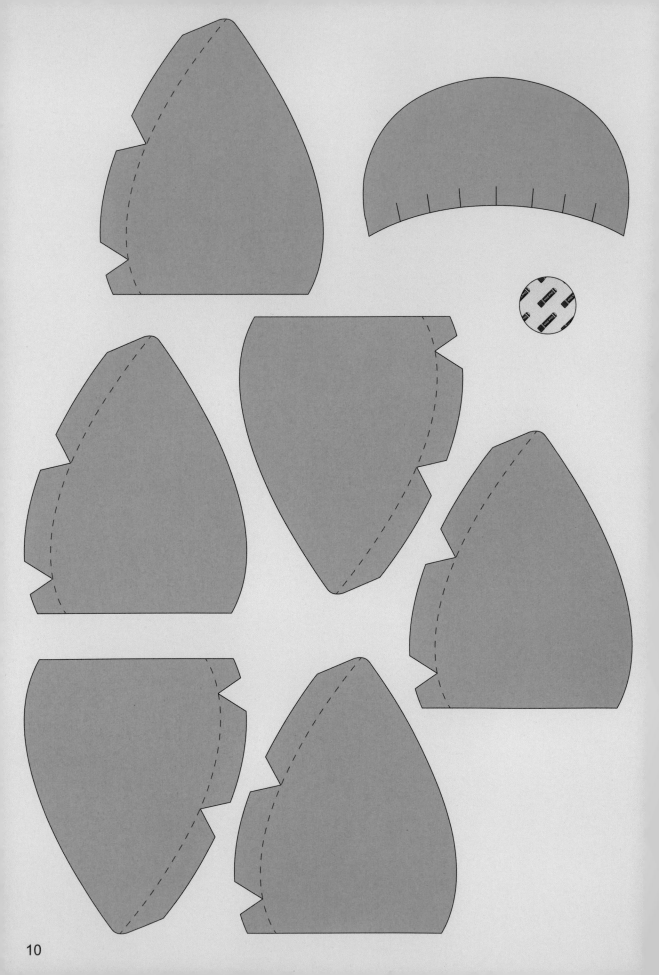

福爾摩斯的獵鹿帽

相信福爾摩斯擁躉們，對獵鹿帽（deerstalker）並不感到陌生，這款帶有護耳的帽子，可說是公認的偵探標準裝備之一。你也來製作一頂，加入大偵探行列吧！

製作難度：★★☆☆☆
製作時間：20分鐘

所需材料

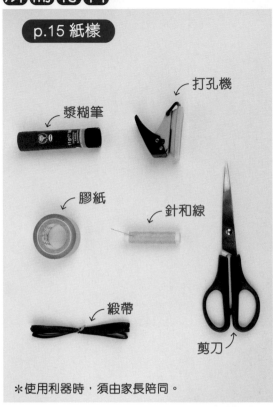

漿糊筆

打孔機

膠紙

針和線

緞帶

剪刀

＊使用利器時，須由家長陪同。

製作流程

1 沿黑線裁下紙樣。

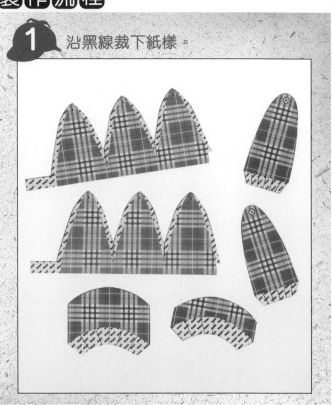

2 在帽子部分的紙樣，沿虛線壓出摺痕。

3 塗上漿糊，如圖合併。

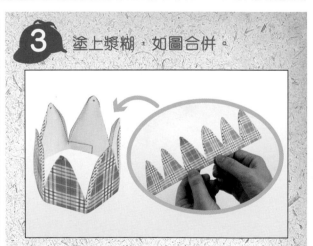

4 用針線穿過頂端黑點，將頂端連在一起。

＊小心使用針線，須由家長陪同。

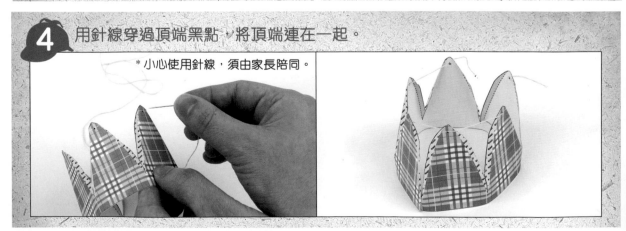

12

5 塗上漿糊，從內捏實。

6 可貼上膠紙加以固定。

7 完全黏好，成帽子狀。

8 索緊繩子，打結。

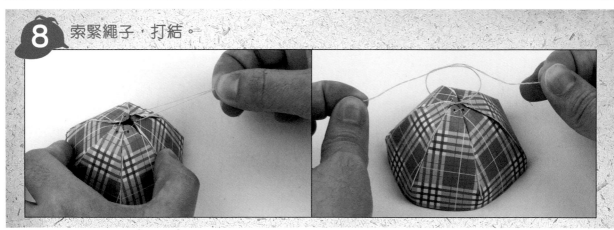

完成了
帽子部分。

9 護耳頂端打孔。

10 塗上漿糊，貼到帽子上。

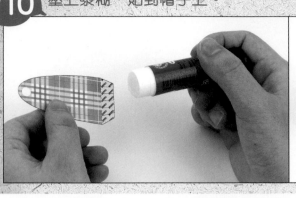

11 兩邊護耳都貼好後，拉到上方，繫上緞帶。

12 前後帽舌塗上漿糊，貼好。

前帽舌　　　　　　　　　　　後帽舌

完成!!

獵鹿帽兩邊的護耳，可保護獵人和漁夫工作時免受日曬傷害，也有保暖的作用。不垂下來的時候，除了可以用絲帶固定在帽子上，也可以用按扣或紐扣，實用而美觀。

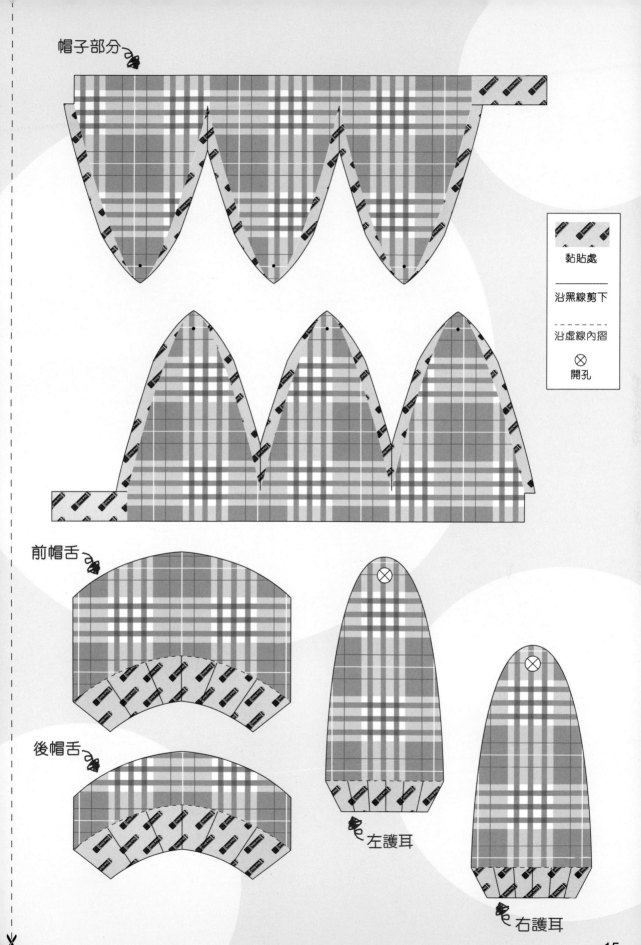

帽子部分

黏貼處

沿黑線剪下

沿虛線內摺

⊗
開孔

前帽舌

後帽舌

左護耳

右護耳

 服裝

大偵探的紙煙斗

只要有漿糊筆及美工刀，就能摺出大偵探福爾摩斯的紙煙斗。
各位偵探迷，一起動手摺摺看吧！

製作難度：★★★☆☆
製作時間：45 分鐘

所需材料

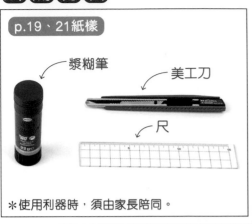

p.19、21紙樣

漿糊筆

美工刀

尺

＊使用利器時，須由家長陪同。

製作流程

1 沿黑線剪下紙樣，並按類分成以下4份。

1 斗鉢壁+斗柄

2 斗柄

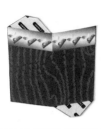

3 煙嘴柄

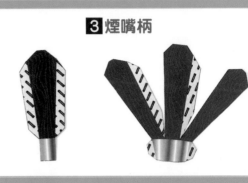

4 斗鉢壁

2 用刀背輕劃紙樣上的虛線。

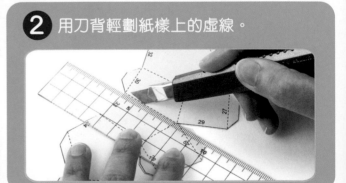

3 將 1 斗鉢壁+斗柄沿虛線向內摺，跟着相同數字黏好，摺成圖中形狀。

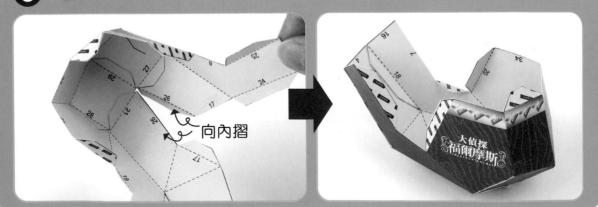

向內摺

4 如圖摺 2 斗柄部分，在黏貼位點上漿糊，將相同數字拼合。

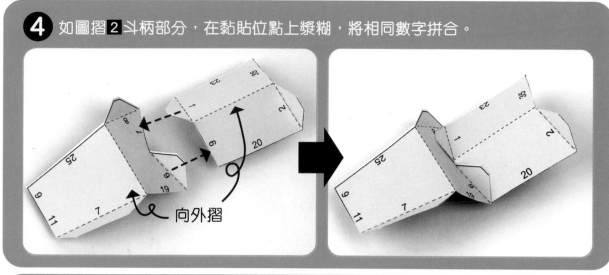

5 如圖摺 3 煙嘴柄，先黏好長的一邊，再拼合短的那邊，合上黏好。

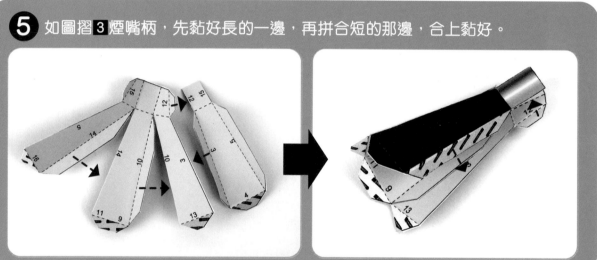

| 沿黑線剪下 | 沿虛線內摺 | 沿虛線外摺 | 裁走部分 | 黏貼處 |

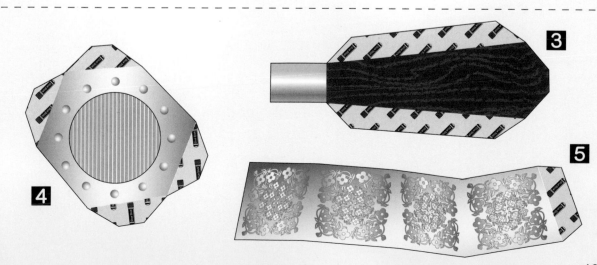

6 將做法 ③、④ 拼合。

小貼士：
先黏19，再黏7、20。

7 ④ 斗鉢壁顏色面朝上，跟着數字黏在做法 ⑥ 的斗鉢壁+斗柄上。

8 拼合煙嘴柄。

9 剪下 ⑤ 飾環，用美工刀背劃過虛線，黏好。

10 在斗柄接合位套上做法 ⑨ 飾環。

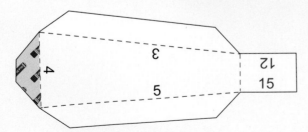

完成

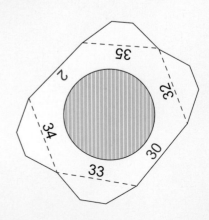

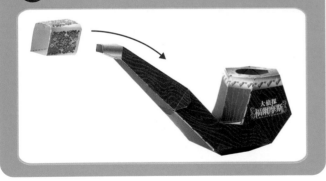

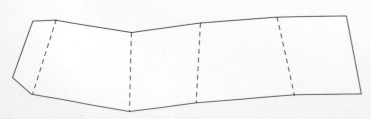

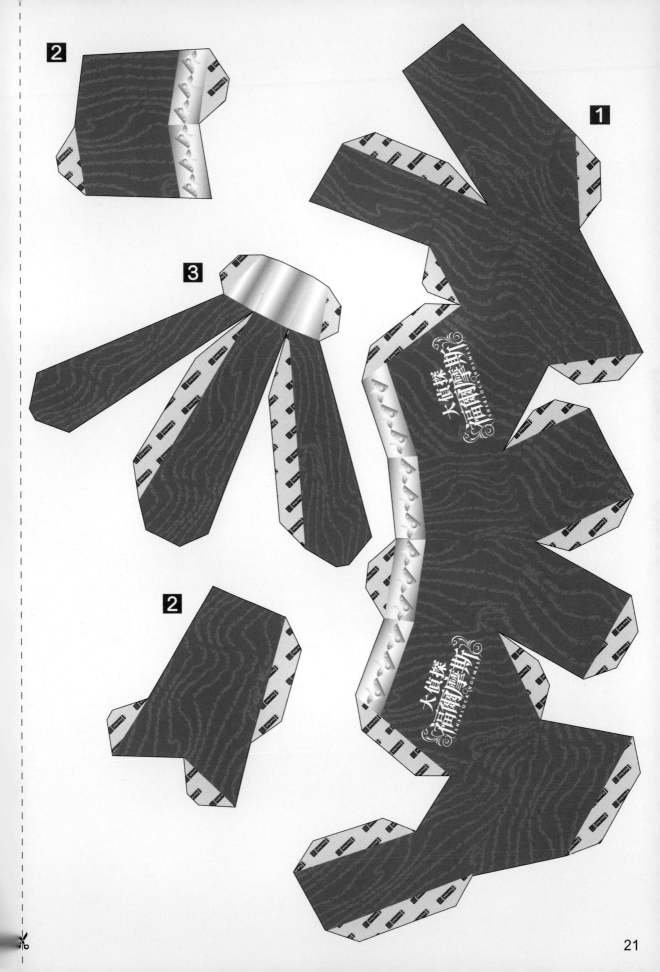

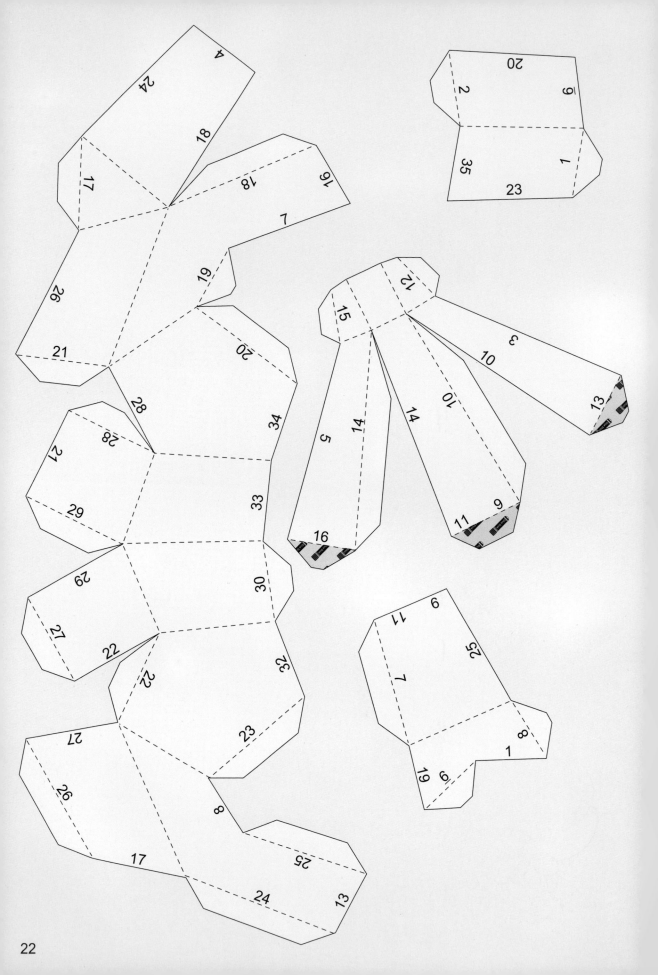

裝飾

自製會發光 的燈塔

由於保安理由,香港的燈塔並不對外開放,但我們可以自製小燈塔,加點小道具就能發光。

製作難度:★★☆☆☆
製作時間:50分鐘

23

所需材料

p.25、27紙樣

剪刀

膠水

美工刀

LED蠟燭燈

粗飲管

＊使用利器時，須由家長陪同。

製作流程

1 沿黑線剪下紙樣，並裁走橙色斜間部分。

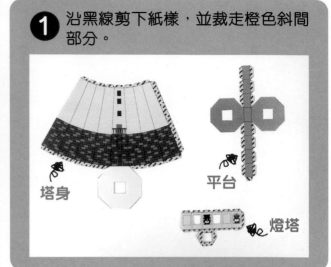

塔身　　平台　　燈塔

❷ 塔身

▲塔身沿虛線向內摺，捲成八角形黏好。

▲在黏貼處塗上膠水，黏合底座。

❸ 平台及圍欄

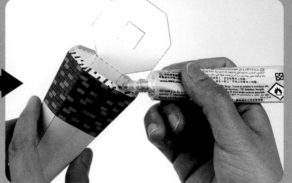

▲黏貼部分向內摺，分別將底面兩部分塗上膠水合併黏上，形成八角柱體。

▲剪下圍欄，棕色部分朝下，圍着平台黏好。

4 燈塔製作與做法 **2** 相同。

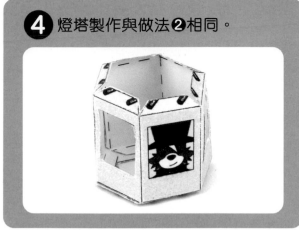

5 剪下屋頂，沿黑線摺成六角錐體並黏好。

6 由下而上逐層黏合。

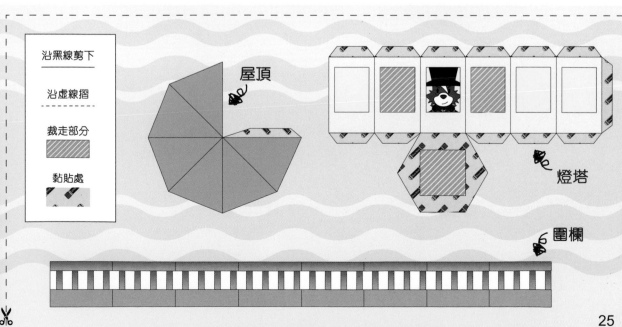

沿黑線剪下

沿虛線摺

裁走部分

黏貼處

屋頂

燈塔

圍欄

7 剪下一段粗飲管（約13cm）放入燈塔內，然後放在LED蠟燭燈上，就可以令燈塔發光。

沒有LED蠟燭燈怎麼辦？

家中沒有LED蠟燭燈，可以用智能電話內置電筒代替。打開電筒，將燈塔放上去，也有同樣效果。

智能電話

完成！

製作小貼士

1. 不要在做法❷至❹紙樣上方黏貼處塗上膠水。
2. 黏合燈塔前可先作測試，發覺亮度不夠，可裁走燈塔部分的黃色小窗。

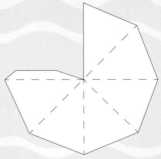

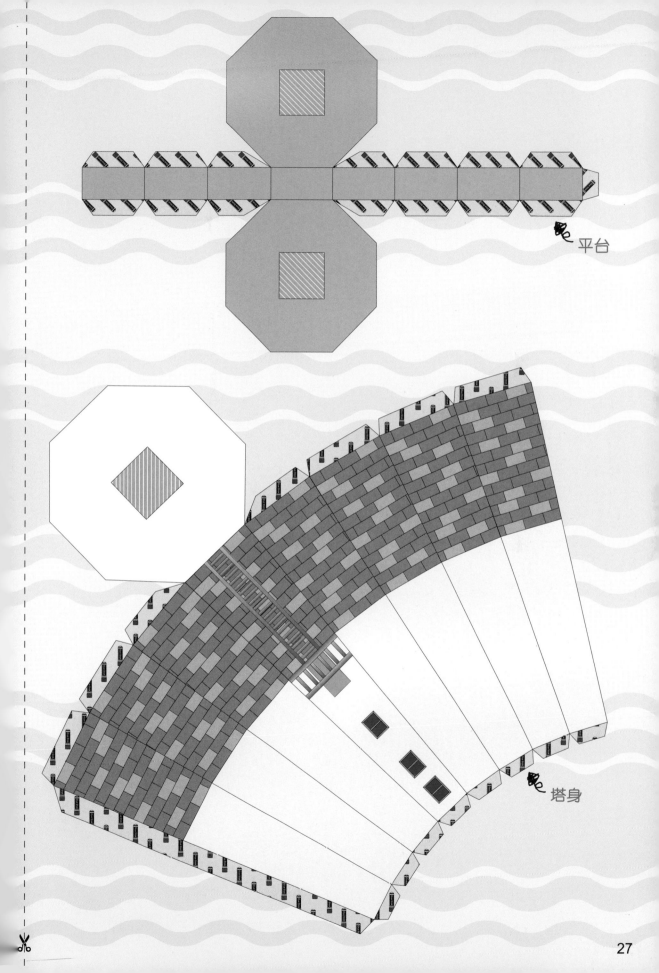

平台

塔身

裝飾

大偵探賀年錢罌

喝完的牛奶盒別扔掉，稍微改造一下就能變成賀年錢罌。不但可以把新年利是錢儲起來，還能養成儲蓄習慣。

製作難度：★★☆☆☆
製作時間：40分鐘

所需材料

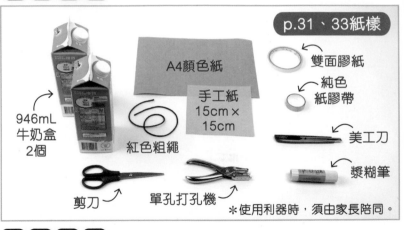

p.31、33紙樣

A4顏色紙

手工紙
15cm ×
15cm

946mL
牛奶盒
2個

紅色粗繩

剪刀

單孔打孔機

雙面膠紙

純色
紙膠帶

美工刀

漿糊筆

＊使用利器時，須由家長陪同。

記得將紙盒
洗乾淨和抹
乾哦。

用橙色或黃
色顏色紙，
效果更好。

製作流程

1 撕開盒頂，移除膠
蓋和樽口。

移除樽口

2 在紙盒四面貼雙面
膠紙，黏上顏色紙
包好。將多出來的
顏色紙沿邊剪開，
包好。

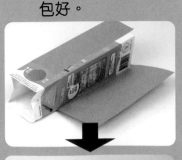

多出來的顏色紙

3 在樽口一面如圖中
尺寸畫線，用美工
刀裁切開口。

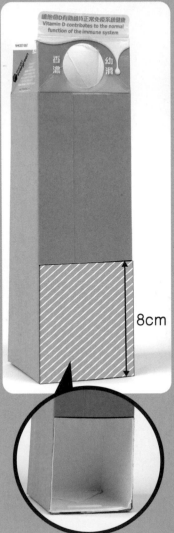

8cm

屋頂

4 用膠紙黏合盒頂。

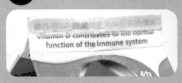

5 屋頂摺法。

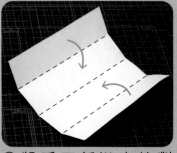

① 將手工紙沿中線對
摺，兩邊向中間對摺

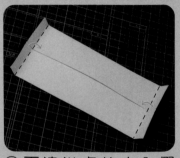

② 兩邊沿虛線向內摺
1cm

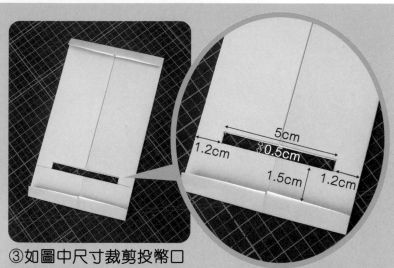

5cm
1.2cm ↕0.5cm
1.5cm 1.2cm

③如圖中尺寸裁剪投幣口

④打開手工紙，圍着投幣口貼雙面膠紙

黏合

⑤沿摺痕還原，兩邊黏合後，沿虛線對摺

用長尾夾固定，方便畫線。

⑥在紙盒相應位置畫線，裁剪投幣口

⑦將手工紙黏在盒頂

沿黑線剪下　　裁走部分　　黏貼處　　開孔
⊗

門

6 在另一個牛奶盒上畫線，裁切成圖中形狀。

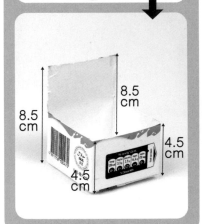

8.5 cm

8.5 cm

4.5 cm

4.5 cm

7 在高的一面貼上李大猩紙樣，用打孔機打兩個孔，將繩子穿孔打結固定。

8 在圖中位置用紙膠帶繞紙盒一圈。

黏上紙樣，完成！

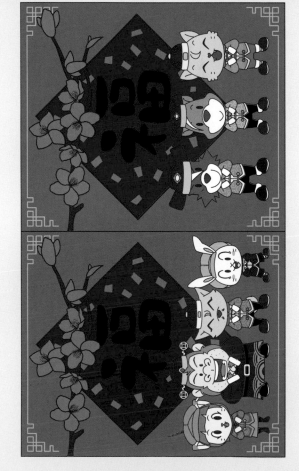

裝飾

福爾摩斯活動門牌

歡迎內進

這部分可以自由替換喔！

請勿打擾

想把福爾摩斯的房子掛在你家門前嗎？用雪條棍砌一砌就可以實現願望！

製作難度：★★★☆☆

製作時間：1小時

221b
SHERLOCK
HOLMES

THE SHERLOCK HOLMES MUSEUM

所需材料

p.37、39 紙樣

雪條棍58條

繩子1條

幼砂紙

美工刀

萬能膠水

膠紙

製作流程

1

如圖量度及裁切雪條棍，紅線為下刀位置。

＊使用利器時，須由家長陪同。

ⓐ 棍 × 4

6.3cm

ⓑ 棍 × 6

6.3cm

ⓒ 棍 × 6

9.5cm

ⓓ 棍 × 2

3cm

2 用砂紙輕磨裁切位置，使它不刮手和易於黏貼。

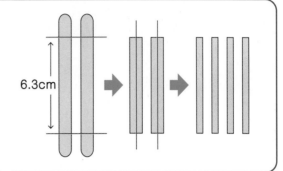

3 將14條雪條棍逐條貼在紙樣上半部。

上半部

下半部

完成後正面的樣子，做法如下：

上半部棍面塗膠水，貼在紙樣背面。

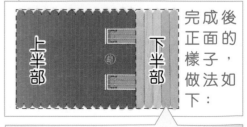

下半部無需紙樣，
只需黏合5條雪條
棍。

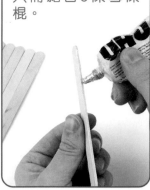

④ 背面貼上4條
雪條棍。

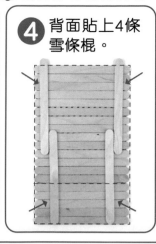

⑤ 如圖貼上
做法❶的
ⓐ棍。

每邊2條。

⑥
3條**ⓑ**棍
黏成1
塊，如圖
貼在**ⓐ**
棍上。

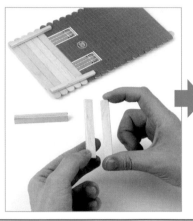

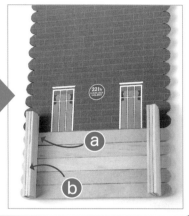

ⓐ

ⓑ

⑦
底下貼上
2條雪條
棍。

⑨ 下半部的木塊
貼在**ⓑ**棍上。

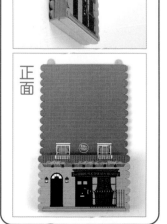

側面

ⓑ

木塊

正面

⑧
將7條雪
條棍貼在
下半部紙
樣的背
面。

背面

加膠紙固定。

正面

⑩ 如圖位置貼上雪條棍，再在另1條雪條棍貼上橫紋紙樣，並貼在第1層雪條棍上方。

各3條雪條棍的距離

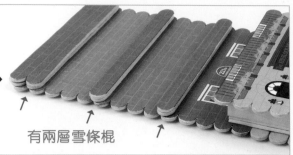

有兩層雪條棍

⑪ 將6條 **c** 棍黏成2個木塊，放進橫棍間的空隙，貼上 **d** 棍。

只在兩端塗膠水。

測試木塊是否可隨意抽出和放入。

⑫ 木塊正面貼上福爾摩斯，背面貼上窗子。

▲正面

▲背面

⑬ 貼上最後2條已貼直紋紙樣的雪條棍。

⑭ 繫上繩子，方便懸掛。

完成!!

也可自由繪畫不同的狀態換上！

可放置明信片或問候卡。

上半部

沿黑線剪下

黏貼處

直紋

下半部

221B
SHERLOCK
HOLMES

SHERLOCK HOLMES

OPEN

橫紋

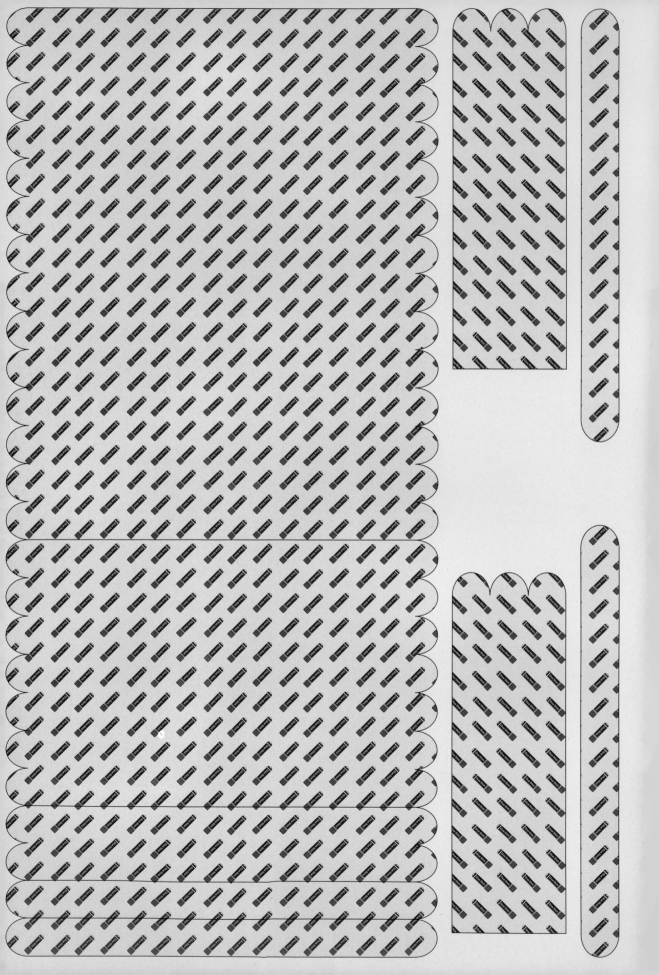

裝飾

立體變臉南瓜

萬聖節就快到，小兔子正在苦惱如何佈置家居，愛麗絲建議他製作一個會變臉的立體南瓜擺設。

製作難度：★★★★☆
製作時間：60分鐘

所需材料

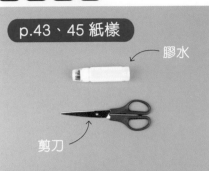

p.43、45 紙樣

膠水

剪刀

*使用利器時，須由家長陪同。

製作流程

1 沿黑線剪下紙樣，並按類分成以下4份。

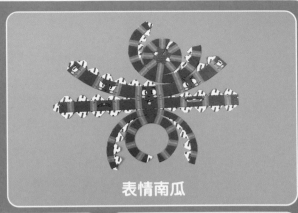

表情南瓜

南瓜外殼

南瓜蒂

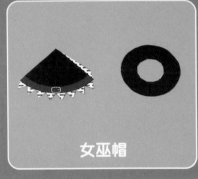

女巫帽

2 先做表情南瓜。由於圓形較難摺，可以用鉛筆將紙條屈至微彎。

3 黏貼處沿虛線向內摺，由上而下逐層黏合。

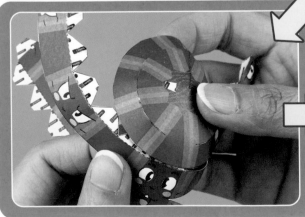

4 將南瓜蒂捲成圓筒形黏好,並將之貼在做法❸表情南瓜頂的相應位置。

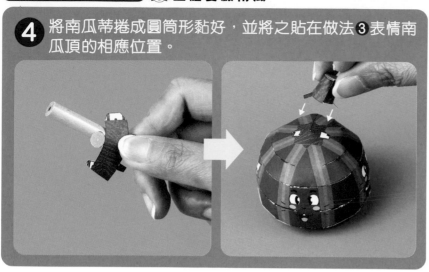

5 南瓜外殼摺法與做法❸相同。

表情南瓜

沿黑線剪下	沿虛線摺
裁走部分	黏貼處

6 將女巫帽捲成圓錐形黏好，在三角形黏貼處塗上膠水，然後套入帽簷固定。

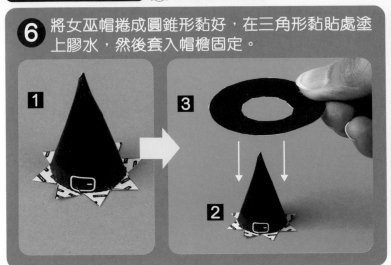

7 將做法 6 的女巫帽貼在做法 5 南瓜外殼上。

8 將南瓜外殼套在做法 **4** 的表情南瓜上。

完成!!

轉動南瓜外殼,就能看到小兔子4種臉部表情。

南瓜外殼

帽簷

女巫帽

南瓜蒂

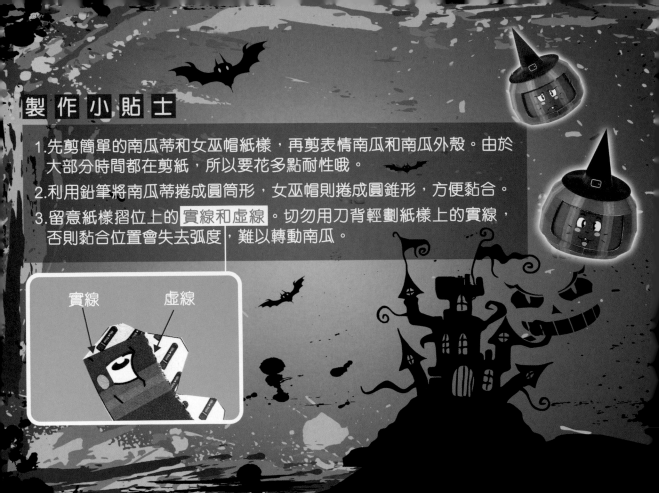

製作小貼士

1. 先剪簡單的南瓜蒂和女巫帽紙樣，再剪表情南瓜和南瓜外殼。由於大部分時間都在剪紙，所以要花多點耐性哦。

2. 利用鉛筆將南瓜蒂捲成圓筒形，女巫帽則捲成圓錐形，方便黏合。

3. 留意紙樣摺位上的 實線和虛線 。切勿用刀背輕劃紙樣上的實線，否則黏合位置會失去弧度，難以轉動南瓜。

實線　　　　虛線

裝飾

大偵探福爾摩斯剪影燈籠

剪剪貼貼，幾個步驟便能製成大偵探福爾摩斯剪影燈籠。

紙袋
剪影燈籠

玻璃樽
剪影燈

SHERLOCK
HOLMES

製作難度：★★☆☆☆
製作時間：30分鐘

所需材料

紙袋剪影燈籠 p.51 紙樣

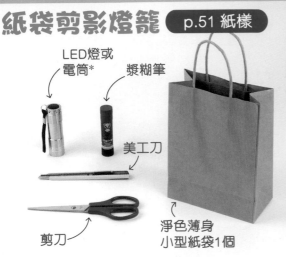

LED燈或電筒*

漿糊筆

美工刀

剪刀

淨色薄身
小型紙袋1個

＊如使用電筒，須另備一根竹籤和膠紙。
＊使用利器時，須由家長陪同。

製作流程

①

剪下整張
紙樣，覆
於紙袋
上。

量度大小，
裁去多餘部
分，不要塗
漿糊。

＊避開手挽位
的卡紙。
＊如紙樣不夠
大，可加紙
托底。

② 用美工刀裁下圖案，保留白色部分。

③ 可利用膠紙補回被裁去的藍色部分。

易撕掉的部分
也可貼膠紙加固。

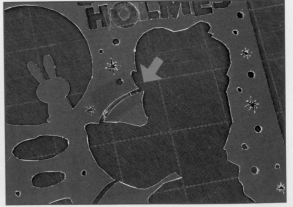

剪好的藍色部分。

④ 藍紙的正面塗上漿糊，貼在紙袋內的一面。

完成!!

如使用電筒，可先用膠紙把竹籤固定在手挽上，再掛上電筒。

放進LED燈，看到剪影了!

剪影燈籠可提起，也可放在野餐墊上。

所需材料

善用剛剛剪下來的圖案，製作玻璃樽剪影燈。

玻璃樽剪影燈

膠水　LED燈　玻璃樽

紙樣圖案

牛油紙

蠟燭

裝飾布料和彩帶

製作流程

1 在圖案正面塗上膠水。

2 隨意貼在玻璃樽內。

3 用牛油紙包裹玻璃樽。

接合位塗上膠水。

完成!!

使用時，放進LED燈，繫上布料作裝飾。

黑夜中……

先把蠟燭置於
樽內，再用火
槍點亮。

＊燃點蠟燭時，必須
由家長陪同。

＊注意：
蠟燭燃點時，
瓶口上方較熱。

會轉動的花形風車

你還記得《華生外傳 俠醫赤鬍子》中漂亮的花形風車嗎？只需預備簡單的工具就可以動手製作了！

漂亮擺設！

製作難度：★★☆☆☆
製作時間：30分鐘

所需材料

p.57 紙樣

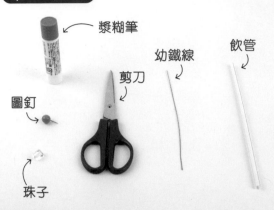

漿糊筆

圖釘

剪刀

幼鐵線

飲管

珠子

＊使用利器時，須由家長陪同。

製作流程

① 剪下2張風車的紙樣，其中1張的中央塗上漿糊，如圖疊上另1張。

② 把底層風車附有開孔處的「花瓣」全部抽出來。

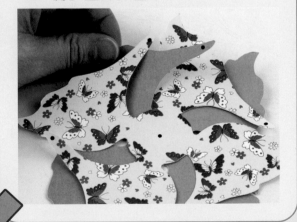

③ 用圖釘在風車中央穿一個孔。

＊小心圖釘刺傷手指。

④ 「花瓣」開孔處穿過中央的圖釘。

逐片穿好。

先放到一邊，小心圖釘刺手。

⑤ 鐵線折成倒L形，如圖穿過圓形紙樣 Ⓐ。

可先用圖釘刺孔，使鐵線更易穿過。

⑥ 貼上圓形紙樣 Ⓑ 和花形紙樣。

7 取走圖釘，鐵線穿過風車、珠子。

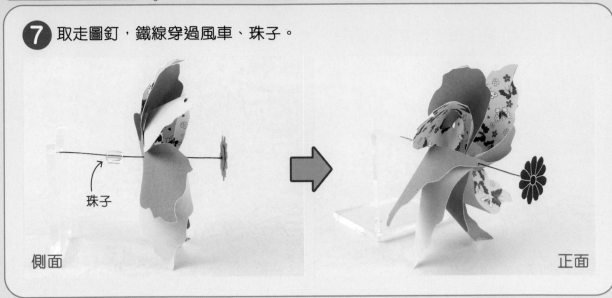

珠子

側面　　　　　　　　　　　　　　　　　　正面

8 同樣用圖釘在飲管穿一個孔。

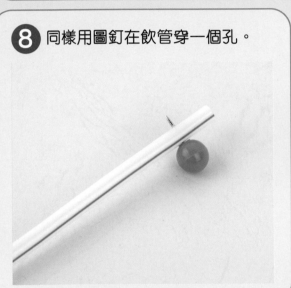

9 取走圖釘，把鐵線穿過飲管。

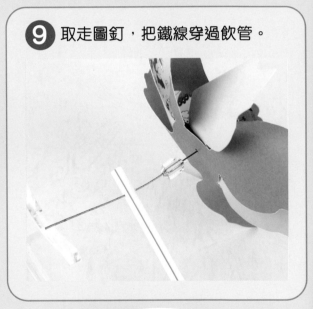

10 把鐵線纏穩在飲管上。

完成！

風車紙樣

花形紙樣

圓形紙樣Ⓐ

圓形紙樣Ⓑ

圓形紙樣和
花形紙樣可
貼在粉紙上
加厚，讓風
車更堅固。

風車紙樣

黏貼處

—— 沿藍線剪下　　● 開孔

57

拍翼蝙蝠紙飛機

用一張紙，就能摺一架蝙蝠紙飛機。它在飛行時擺動雙翼，遠看像一隻蝙蝠在天空飛翔。

製作難度：★☆☆☆☆
製作時間：20 分鐘

所需材料

p.63 紙樣

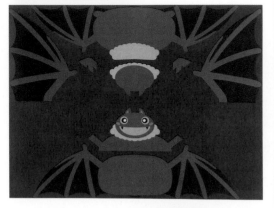

剪刀

＊使用利器時，須由家長陪同。

小提示：固定兩邊角的位置後才壓平，斜角才會好看。

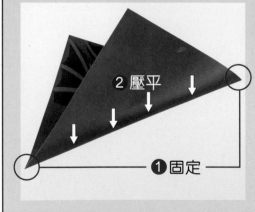
2 壓平
❶固定

製作流程

1 蝙蝠紙樣朝上，沿對角線對摺後，打開。

2 上下兩邊對摺，如圖摺成長方形，然後輕按中間的摺痕。

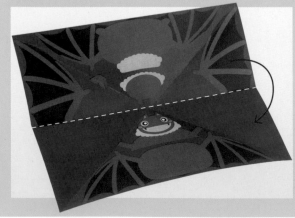

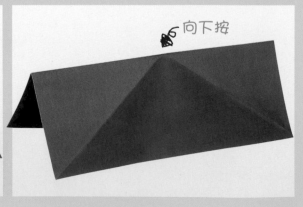
向下按

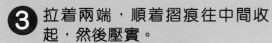

③ 拉着兩端，順着摺痕往中間收起，然後壓實。

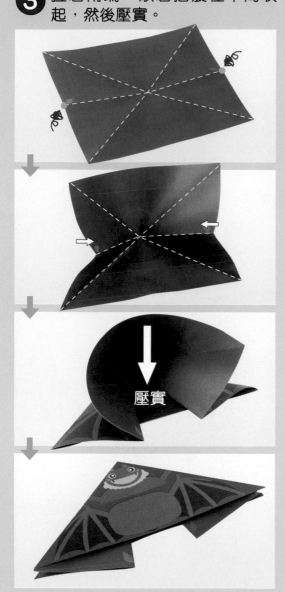

④ 打開三角形部分，如圖點對點摺過去，再順着摺痕摺過去。

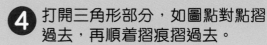

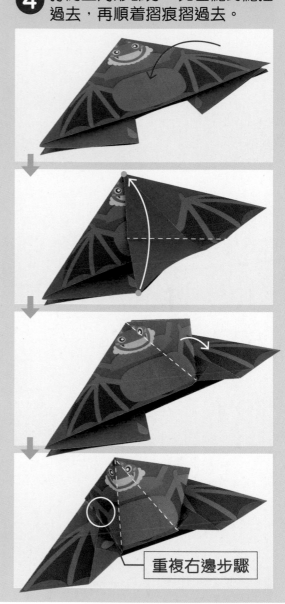

重複右邊步驟

⑤

如圖摺五角形部分。

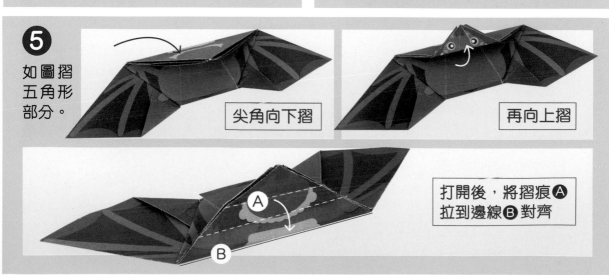

尖角向下摺

再向上摺

打開後，將摺痕Ⓐ拉到邊線Ⓑ對齊

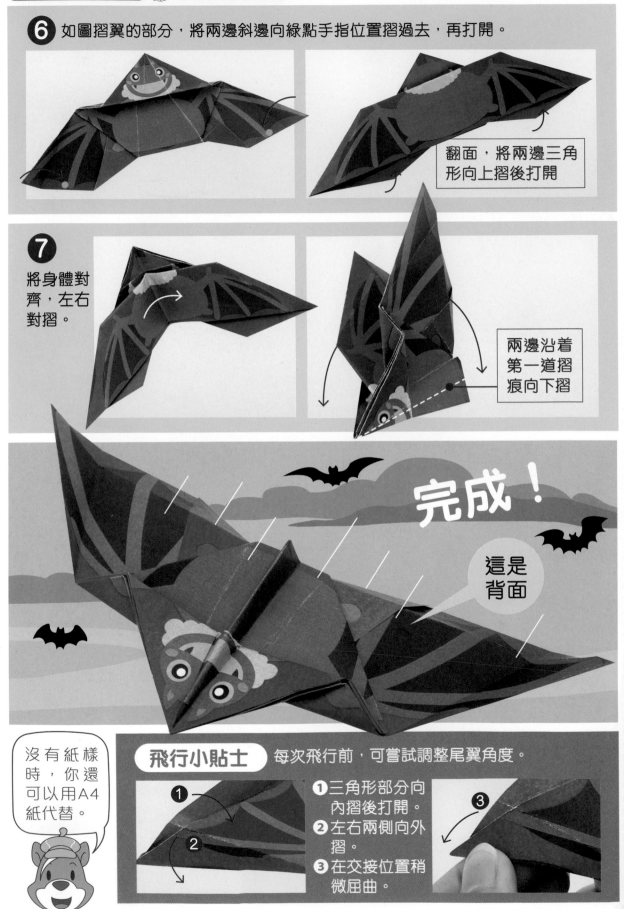

6 如圖摺翼的部分，將兩邊斜邊向綠點手指位置摺過去，再打開。

翻面，將兩邊三角形向上摺後打開

7 將身體對齊，左右對摺。

兩邊沿着第一道摺痕向下摺

完成！

這是背面

沒有紙樣時，你還可以用A4紙代替。

飛行小貼士 每次飛行前，可嘗試調整尾翼角度。

❶ 三角形部分向內摺後打開。
❷ 左右兩側向外摺。
❸ 在交接位置稍微屈曲。

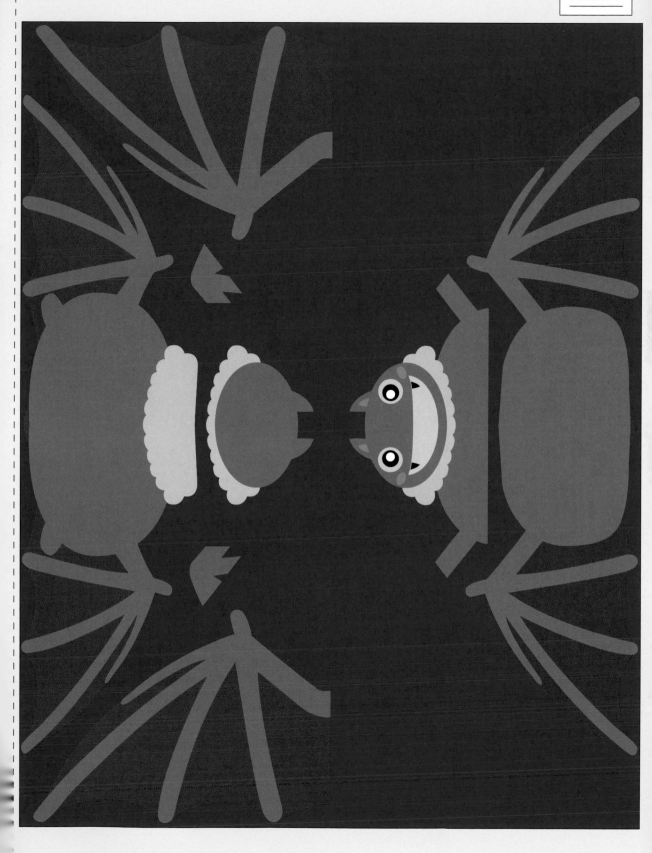

簡易製作 阿爾戈號

你有想過可以親手造一艘阿爾戈號嗎？來讓氣勢十足的大帆船擺設，帶你感受航海冒險的刺激吧！

製作難度：★★★★☆

製作時間：30分鐘

所需材料 p.67、69 紙樣

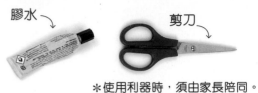

牙籤

膠水

剪刀

竹籤

膠紙

＊使用利器時，須由家長陪同。

製作流程

①

剪下船帆的紙樣，如圖按帆邊的長度裁剪牙籤，並貼在帆邊。

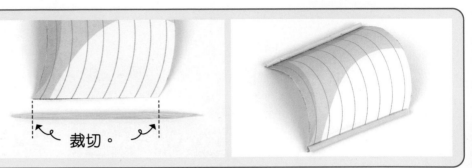

裁切。

②

重複做法①，將牙籤貼在三角帆ⓑ、前帆和中央帆上。

三角帆ⓑ

前帆

中央帆

③ 如圖將帆上的牙籤位置和後帆貼在竹籤上。

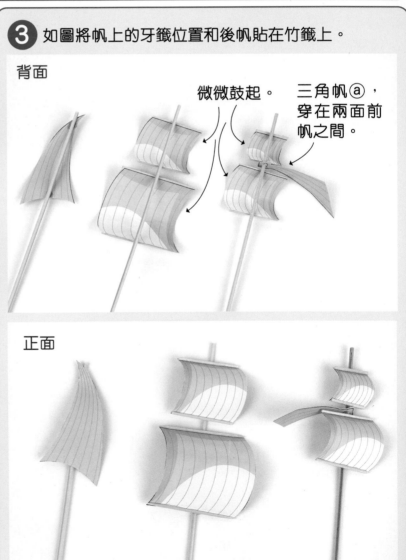

背面

微微鼓起。

三角帆ⓐ，穿在兩面前帆之間。

正面

④

前帆和中央帆的頂部捲上旗幟。

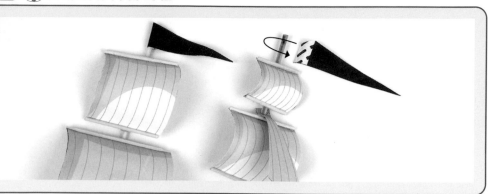

⑤

如圖用牙籤造一個十字架,套上三角帆ⓑ。

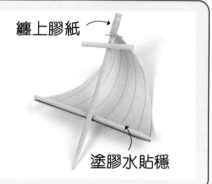

纏上膠紙

塗膠水貼穩

⑥

剪下船身和甲板的紙樣,沿線摺好。

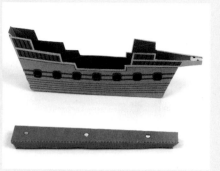

⑦

竹籤穿過甲板,剪去竹籤多餘的部分並纏上膠紙。

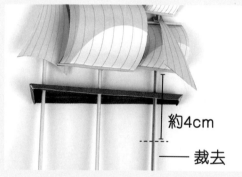

約4cm

—— 裁去

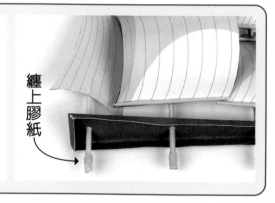

纏上膠紙

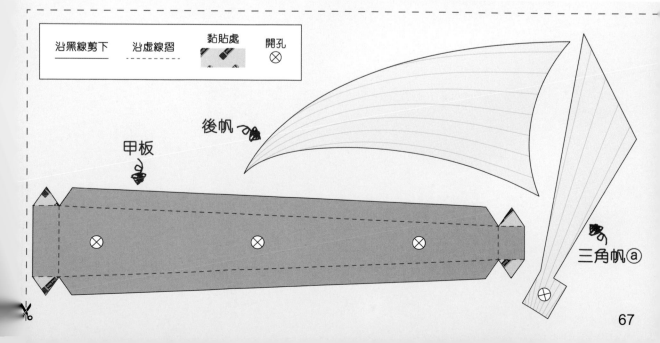

沿黑線剪下　　沿虛線摺　　黏貼處　　開孔 ⊗

後帆

甲板

三角帆ⓐ

⑧ 牙籤纏膠紙的部分套上支撐套。

⑨ 甲板前方貼上十字架。

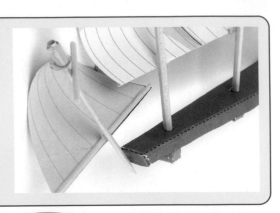

完成！

將甲板與船身合併。

三角帆ⓐ的一角貼在十字架上。

←甲板可抽起以存放如便條紙或萬字夾等小工具。

→在船底穿個小窗口，能更方便取出。

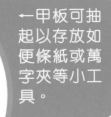

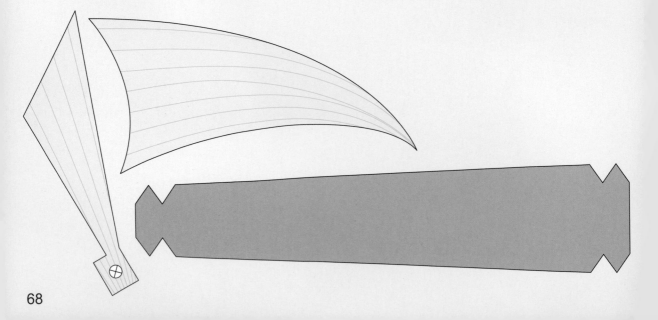

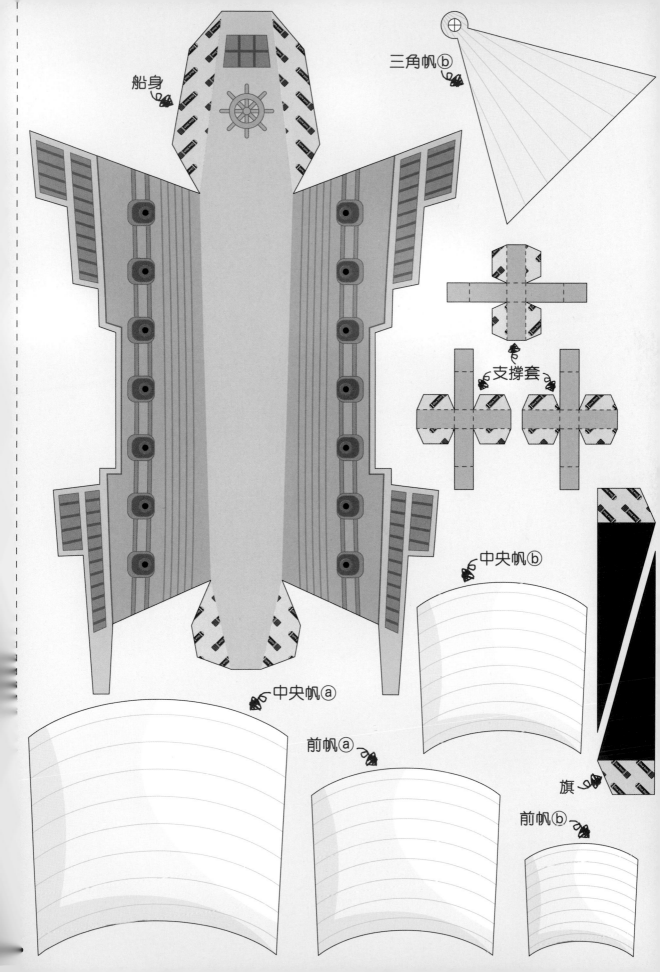

船身

三角帆ⓑ

支撑套

中央帆ⓑ

中央帆ⓐ

前帆ⓐ

旗

前帆ⓑ

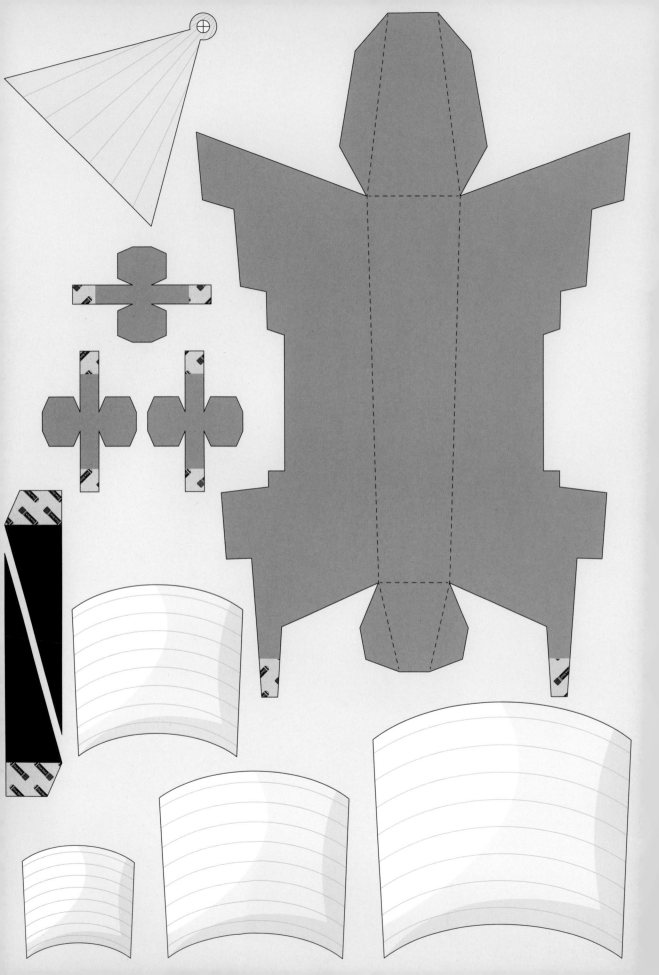

大偵探福爾摩斯DIY 12

福爾摩斯 雙層巴士

　　你是否很想擁有一輛巴士呢？這個紙模型製作簡單，還可配合福爾摩斯場景一起使用啊！

製作難度：★☆☆☆☆
製作時間：20 分鐘

所需材料

p.73、75 紙樣

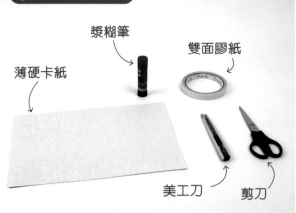

漿糊筆

雙面膠紙

薄硬卡紙

美工刀　剪刀

＊使用利器時，須由家長陪同。

巴士部分

❶

▲將巴士紙樣剪下，虛線部分向內摺。

❷

▲在黏貼處塗上漿糊或貼雙面膠紙，將巴士黏合起來。

製作流程

場景部分

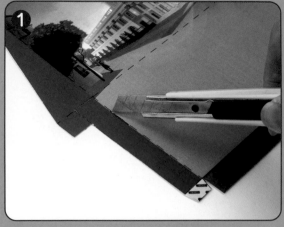

❶

▲將場景紙樣沿實線剪下，貼在薄硬卡紙上，再沿邊剪下，用美工刀割開平台兩邊紅色實線位置。

❷

▲平台虛線部分向外摺，並將黏貼處黏好。

❸

▲背景虛線部分向內摺，將駁口插入做法❶平台割開位置。

完成!

沿黑線剪下　　沿虛線摺　　黏貼處

巴士

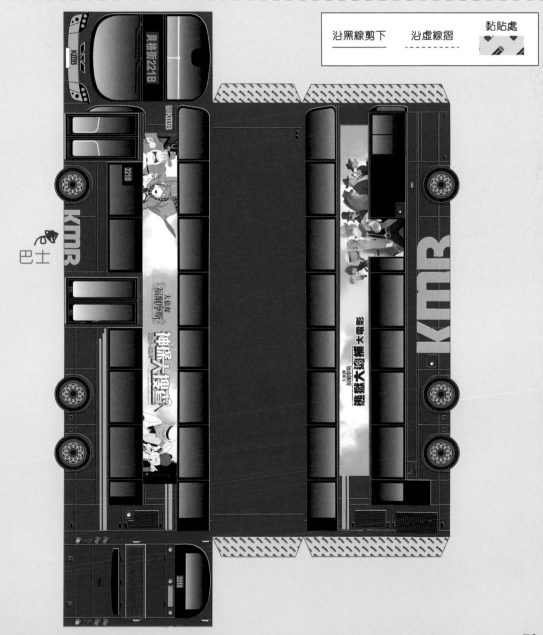

巴士融入到
場景中

場景

兒童的繪本

大偵探福爾摩斯DIY
13

投幣轉動的 遊戲輪盤

不用骰子也能玩棋盤遊戲？只要家中有用完的紙巾盒，就可以自製一台遊戲輪盤。不用電，只要投入硬幣，就能轉動。

製作難度：★★★☆☆
製作時間：30 分鐘

77

所需材料

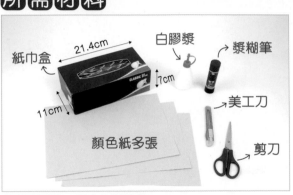

紙巾盒
21.4cm
白膠漿
漿糊筆
7cm
11cm
美工刀
顏色紙多張
剪刀

部件部分

p.81 紙樣

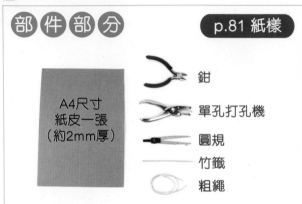

A4尺寸
紙皮一張
（約2mm厚）

鉗
單孔打孔機
圓規
竹籤
粗繩

*使用利器時，須由家長陪同。
*紙巾盒有不同尺寸，建議用7cm高的盒製作。

製作流程 ═══ 紙巾盒製作 ═══

① 拆開紙巾盒攤平，取掉膠膜，如圖黏上顏色紙。

② 如圖中尺寸，在A面中間輪盤位穿孔，以及在C面右上方裁剪一個投幣孔。
在B面底部裁切一個可以打開及拿出硬幣的小門。

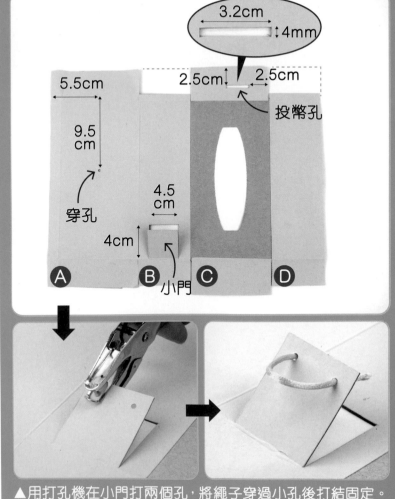

3.2cm
4mm
5.5cm
2.5cm
2.5cm
9.5cm
投幣孔
穿孔
4.5cm
4cm
A
B
小門
C
D

▲用打孔機在小門打兩個孔，將繩子穿過小孔後打結固定。

③ 沿摺痕外摺回紙巾盒形狀，然後黏合側面。

部件製作

④ 如圖中尺寸,裁出適當的紙皮。

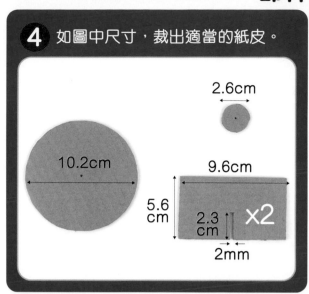

2.6cm

10.2cm

9.6cm

5.6cm

2.3cm

×2

2mm

⑤ 剪下P.81輪盤及輪盤裝飾的紙樣,各自貼到紙皮上。

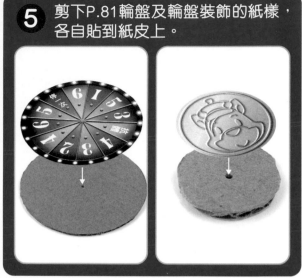

⑥ 將兩張長方形紙皮組合成十字形,小心插入竹籤後取出。

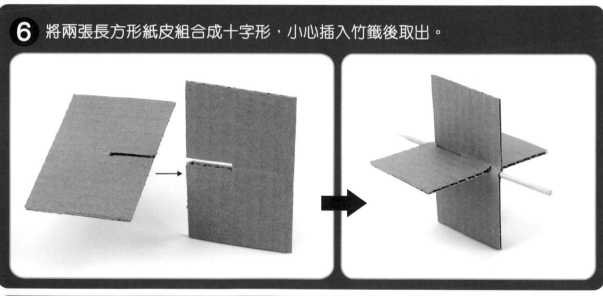

⑦ 將做法 6 十字形紙皮放進紙巾盒內。

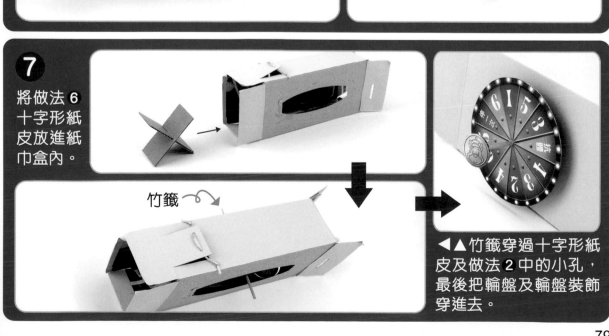

竹籤

◀▲竹籤穿過十字形紙皮及做法 2 中的小孔,最後把輪盤及輪盤裝飾穿進去。

8 塗上白膠漿固定輪盤及輪盤裝飾，待白膠漿乾透後才做下一步。

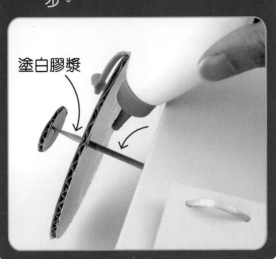

塗白膠漿

＝＝＝ 紙巾盒背面製作 ＝＝＝

9 在顏色紙上標記穿孔位置，位置如圖。

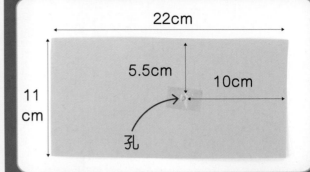

22cm

5.5cm

10cm

11 cm

孔

輪盤轉動會弄破顏色紙，
宜貼上多層膠紙加強韌度。

10 鋪上顏色紙，將竹籤穿過小孔固定，然後黏好。

11 黏合盒蓋、盒底，用鉗剪掉多餘竹籤。

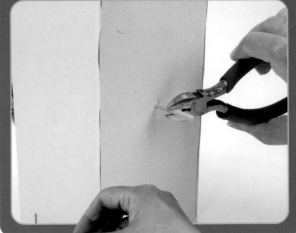

製作小貼士

1. 穿孔時，用圓規鐵針慢慢刺穿紙巾盒，之後就能插入竹籤。
2. 黏合紙盒前，投入硬幣測試輪盤能否順利旋轉，再作調整。
3. 輪盤數字可以自訂，用打印機列印或手繪也可以。

完成!!

黏上箭咀及其他裝飾。

大偵探
福爾摩斯
SHERLOCK HOLMES

箭咀

輪盤

輪盤
裝飾

沿黑線剪下

黏貼處

兒童的學習

好玩的
汽水機錢箱

你知道汽水機的運作原理嗎?我們也來製作一個可以按出汽水的錢箱吧!

1 放錢進去

$ 6.50 COLD

2 一按

PUSH

3 汽水出來了!

SOFT DRINK

PUSH

$ 6.50 COLD

製作難度:★★★★★
製作時間:1 小時

需工具

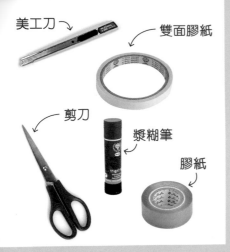

美工刀
雙面膠紙
剪刀
漿糊筆
膠紙

所需材料

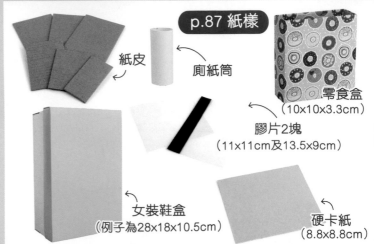

紙皮
廁紙筒
p.87 紙樣
零食盒
(10x10x3.3cm)
膠片2塊
(11x11cm及13.5x9cm)
女裝鞋盒
(例子為28x18x10.5cm)
硬卡紙
(8.8x8.8cm)

---

1 用筆和尺按圖中尺寸畫好。
（如鞋盒可拆開，可先拆開來畫。）

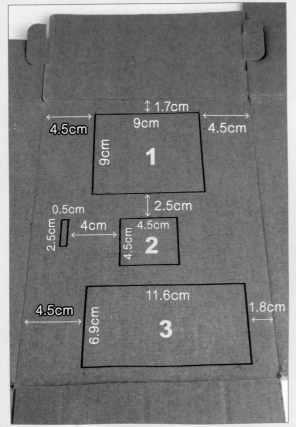

↕1.7cm
4.5cm
9cm
4.5cm
9cm
1

0.5cm
2.5cm
2.5cm
4cm
4.5cm
4.5cm
2

11.6cm
4.5cm
1.8cm
6.9cm
3

＊大小不同的鞋盒，尺寸亦會有差異，
要注意：
• 第1、2個方形要左右置中。
• 紅色部分的尺寸要對齊。
• 第1個方形與第2個方形的距離要有
2.5cm以上。

---

2 用美工刀割穿格子。

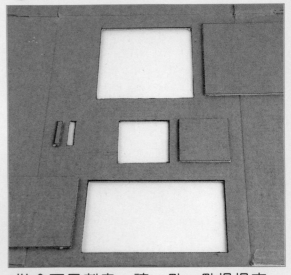

＊鞋盒不易割穿，請一點一點慢慢來，
別過分用力，須由家長陪同。

---

3 將11x11cm膠片用膠紙從背後貼
在大正方格上。

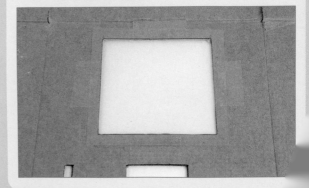

4 量度及裁出6塊層板加備用紙皮。

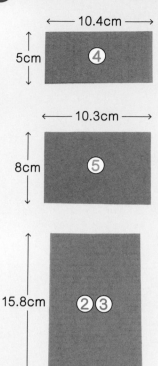

←— 10.4cm —→
5cm ④

←— 10.3cm —→
8cm ⑤

15.8cm ②③
←— 10cm —→

①
⑤
② ③
④
⑥

←— 10.3cm —→
① 17.8cm

⑥ 8.5cm
←— 12.3cm —→

備用紙皮
3.6cm
←— 5.8cm —→

5 用膠紙如圖示將層板1-6依次序固定在鞋盒內。

①
⑤
④
② ③

⑥
3.5cm
如圖加上
斜放的層板⑥

6 如圖在硬卡紙背面畫線。

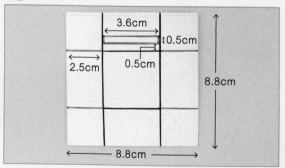
3.6cm
↕0.5cm
2.5cm 0.5cm
8.8cm
←— 8.8cm —→

7 橙線部分剪開,將小長方形割穿。

8 如圖內摺,4角貼上雙面膠紙,黏成立方體。

9 取備用紙皮（可用花紙包裹），並穿過立方體。

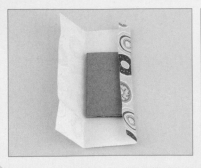
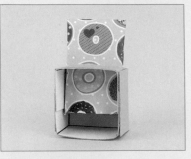

10 用雙面膠紙把紙皮貼在鞋盒上。

11 將13.5x9cm膠片用膠紙貼在長方格上。

12 將零食盒放進去做成錢罌（可用雙面膠紙貼上紙條製成把手，方便拉出）。

13 剪下紙樣包裹廁紙筒，製成汽水罐。

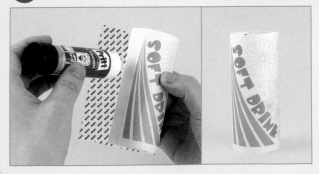

蓋上鞋盒蓋，貼上裝飾。

完成!!

如放置現成的汽水罐，可不用貼上紙板。

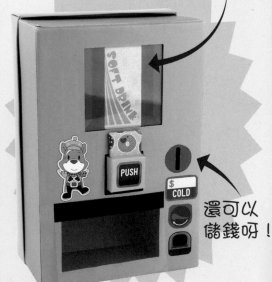

還可以儲錢呀！

14 將汽水罐如圖放進機內。

COLD $

PUSH

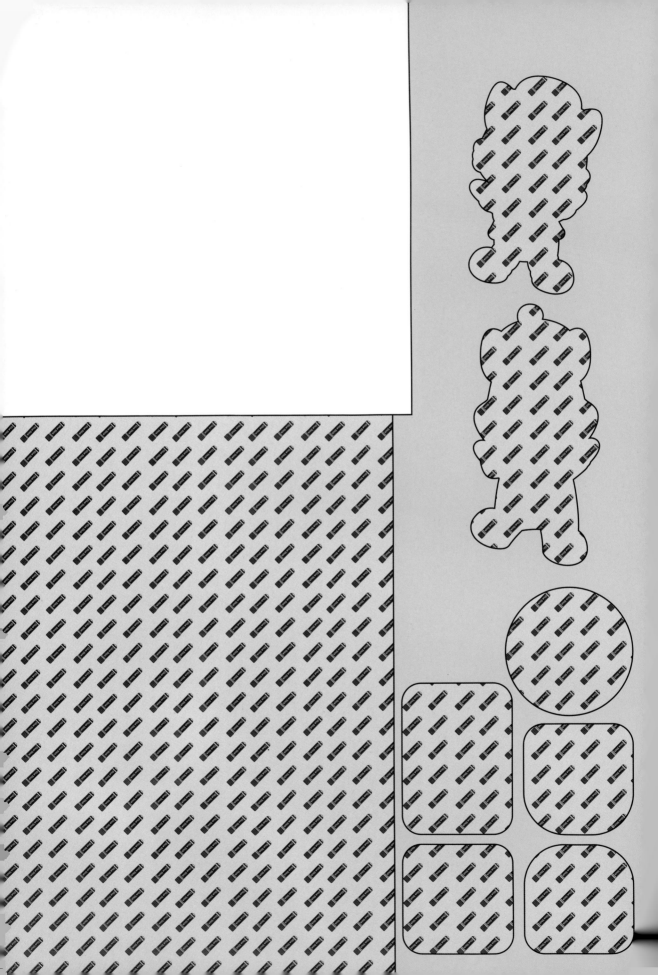

大偵探福爾摩斯DIY
15

儲蓄收銀機組合

收支平衡是理財的重要一環！來一起扮演售貨員，學習打理你的收銀機吧。

歡迎光臨！

製作難度：★★★★☆
製作時間：45 分鐘

所需材料

p.93 紙樣

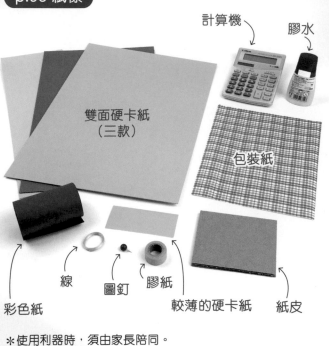

計算機
膠水
雙面硬卡紙（三款）
包裝紙
線
圖釘　膠紙
較薄的硬卡紙　紙皮
彩色紙

＊使用利器時，須由家長陪同。

◇◇◇◇ 收據機製作 ◇◇◇◇

1 剪1條9x42cm的紙條，對摺，再對摺。

2 摺出三等分，攤開，再從兩邊同時向內摺。

3 如圖連接起來。

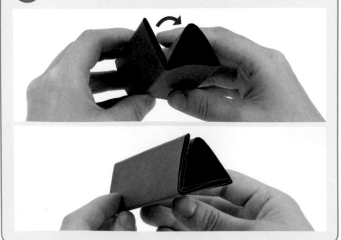

4 用膠紙固定，插進單據。

收銀機製作

1 如圖量度、裁出及併合各部分的雙面硬卡紙。

櫃子部分

21.5cm
16.5cm
×2

21.5cm
5cm

16.3cm
5cm
×2

抽屜部分

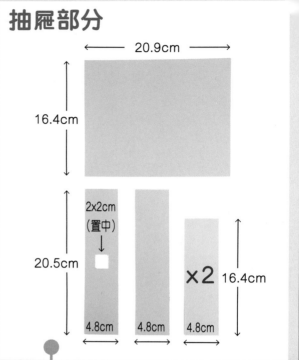

20.9cm
16.4cm

2x2cm
（置中）

20.5cm

4.8cm　4.8cm　×2　16.4cm　4.8cm

先把3條邊黏在其中1個面上，再覆上另一個面。

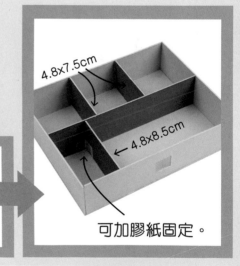

4.8x7.5cm
4.8x8.5cm

可加膠紙固定。

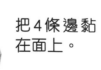

把4條邊黏在面上。

併合方法

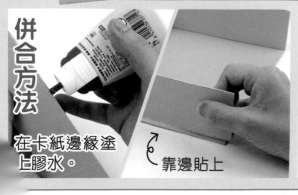

在卡紙邊緣塗上膠水。

靠邊貼上

分格部分

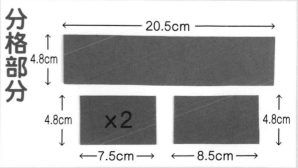

20.5cm
4.8cm

4.8cm
×2
7.5cm

4.8cm
8.5cm

裁一塊9x11.5cm的紙皮，包上包裝紙。

 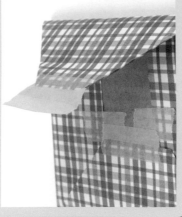

3 貼在櫃子上。

◇◇◇◇◇◇◇ 刷卡機製作 ◇◇◇◇◇◇◇

1 如圖量度及裁出各部分的硬卡紙。

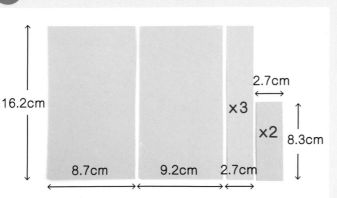

16.2cm

8.7cm　　9.2cm　　2.7cm

×3

×2

2.7cm

8.3cm

2 如圖合併出刷卡機，並貼上紙樣。

這邊不要封上。

3

用較薄的硬卡紙裁兩塊2.5x2.5cm的正方形，接合餘下的一邊與刷卡機。

貼上線可拉開盒子，存放購物單。

用圖釘釘起收支記錄表，並放置好計算機。

完成!!

線的另一端貼在收銀機底部。

沿黑線剪下

黏貼處

将紙樣貼在卡紙上
即可製成信用卡。

_____年___月___日（星期___）

上次餘額	

	項目	收入	支出
1			
2			
3			
4			
5			
6			
	總計：		

今次餘額	

（上次餘額＋收入－支出）

AUTHORISED SIGNATURE 持卡人簽署

0000 000

_____年____月____日（星期____）

上次餘額	

	項目	收入	支出
1			
2			
3			
4			
5			
6			
	總計：		

今次餘額	

（上次餘額＋收入－支出）

大偵探福爾摩斯DIY 16

動動嘴巴紙手偶

在東南西北貼上《大偵探福爾摩斯》的角色，搖身一變成為會「說話」的紙手偶。你可以一邊說故事一邊表演，讓故事變得更加生動有趣呢。

製作難度：★★☆☆☆
製作時間：20分鐘

所需材料

p.97、99 紙樣

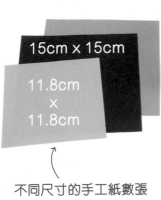

漿糊筆

15cm x 15cm

11.8cm
x
11.8cm

不同尺寸的手工紙數張

剪刀

＊使用利器時，須由家長陪同。

製作流程

1 東南西北摺法。

1.將手工紙的對角對摺，摺出摺痕。

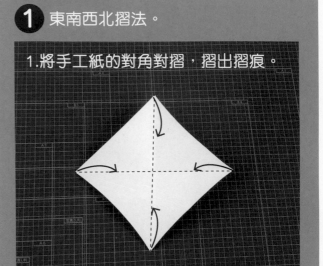

2.攤開後，將四邊角向中心對摺。

3.將紙翻到背面，再將四邊角向中心對摺。

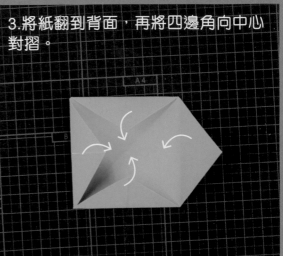

4.兩邊向內對摺。

5.攤開後，將四邊角向內摺。

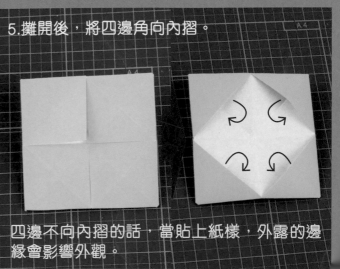

四邊不向內摺的話，當貼上紙樣，外露的邊緣會影響外觀。

沿藍線剪下

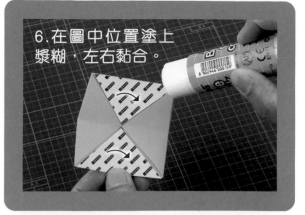

6.在圖中位置塗上
漿糊，左右黏合。

2

剪下福爾
摩斯的紙
樣。

3

分別在圖
中四個位
置塗上漿
糊，先黏
合身體，
後黏合頭
部。

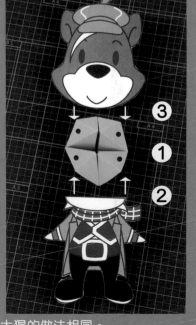

③
①
②

小兔子和李大猩的做法相同。

完成!!

製作小貼士

1. 按紙樣大小選擇手工紙尺寸，福爾摩斯用11.8cm的手工紙，而小兔子和李大猩則用15cm。

2. 摺東南西北時，可在步驟6畫（塗膠水前）/ 貼（塗膠水後）上牙齒、舌頭裝飾。

3. 切勿在紙樣上塗滿漿糊，塗得太多會緊黏着紙樣，影響手偶外觀。

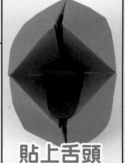

貼上舌頭

玩法：
將東南西北套在4隻手指上，上下移動手指，手偶的嘴巴也會跟着動。

玩轉幻彩萬花筒

轉一轉萬花筒，色彩繽紛的花花世界活現眼前。你也可以動手製作一個屬於自己的萬花筒，隨意搭配不同圖案的卡紙，轉出美麗圖像。

製作難度：★☆☆☆☆
製作時間：20 分鐘

所需材料 p.103、105 紙樣

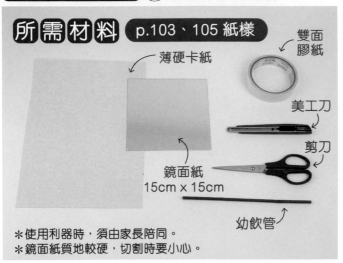

雙面膠紙
薄硬卡紙
美工刀
剪刀
鏡面紙
15cm × 15cm
幼飲管

＊使用利器時，須由家長陪同。
＊鏡面紙質地較硬，切割時要小心。

製作流程

1 如圖中尺寸，裁出薄硬卡紙。

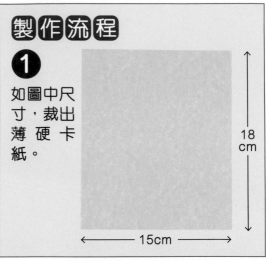

18cm
15cm

2 將鏡面紙裁成5cm寬，分成三等份，然後在背面貼上雙面膠紙。

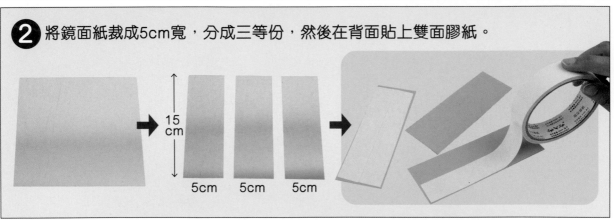

15cm
5cm 5cm 5cm

3 將鏡面紙貼在薄硬卡紙上，每張鏡面紙之間要預留2mm至3mm的空隙。黏好後，撕掉鏡面紙上的保護膜。

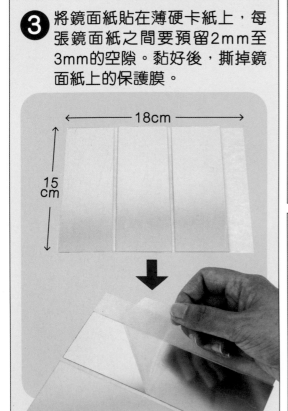

18cm
15cm

4 在薄硬卡紙空白部份貼上雙面膠紙，如圖摺成三角柱體，黏好。

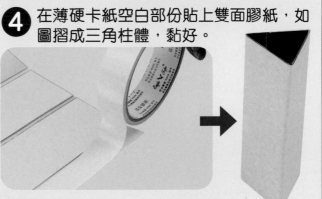

5 剪下三角形紙樣，黏在三角柱體開口。

❻ 剪短幼飲管，長度約8cm。在另一端開口中間貼上雙面膠紙，放上飲管黏好。

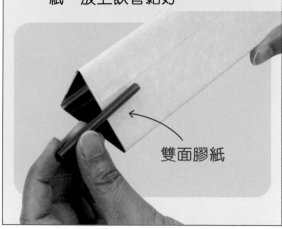

雙面膠紙

❼ 剪下長方形紙樣，蓋着飲管圍邊貼好。

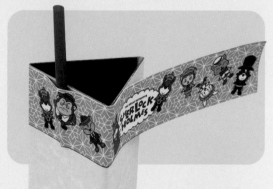

❽ 為免圖紙太貼近萬花筒，在飲管包上幾層膠紙。最後剪下圖案紙樣，套入飲管內。

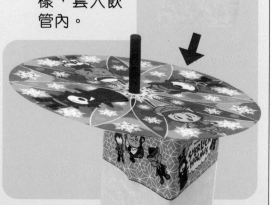

沿黑線剪下	沿虛線摺	裁走部分	黏貼處

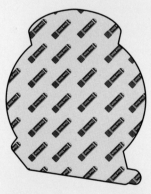

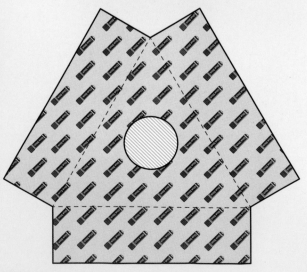

貼上裝飾，完成！

從這邊欣賞圖案吧！

❶鏡面紙要在美術用品專門店購買。買不到的話，也可以用銀色反光卡紙代替，效果稍遜，但在一般文具店有售。

❷萬花筒圖案可以自己畫，在P.106紙樣空白位置畫下喜歡的圖案吧。

銀色卡紙

沿黑線剪下　　沿虛線摺

裁走部分　　　黏貼處

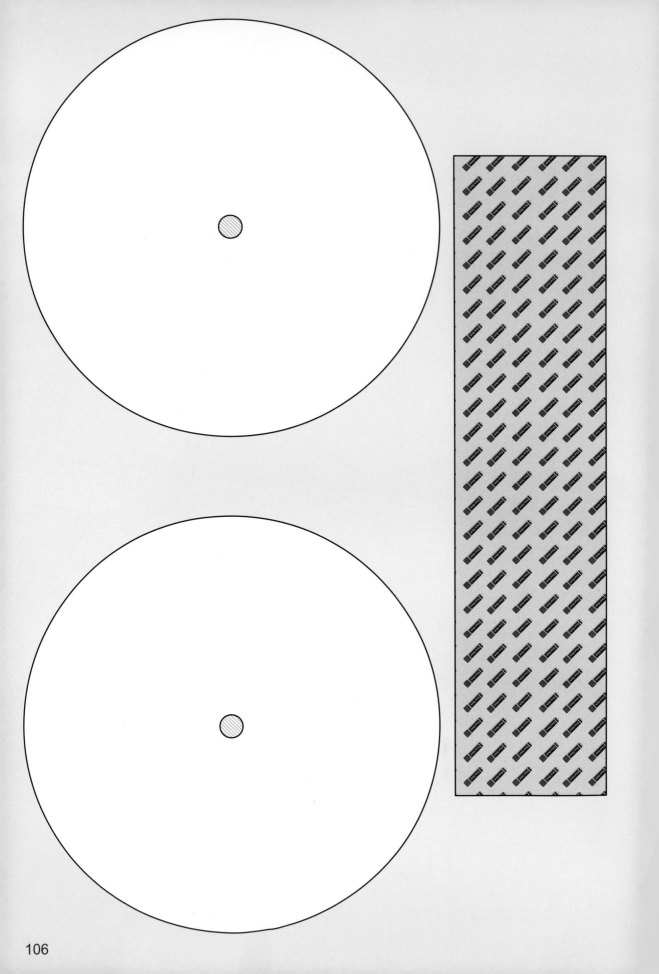

大偵探福爾摩斯 戰鬥圍棋

大偵探陣營要正面迎擊犯罪者陣營，雙方鬥智鬥勇，最終誰勝誰負？

製作難度：★☆☆☆☆
製作時間：10分鐘

遊戲道具

↑ 棋盤1個

↑ 棋子12枚

遊戲規則　遊戲人數：2人　遊戲時間：5~40分鐘

1 雙方棋子如圖擺陣。　　　　＊己方棋陣靠近自己。

2 由犯罪者陣營先行，每次只可移動1枚棋子，該棋子只可走1步。

• 棋子只能停在圓點上。

• 棋子只可沿線移至鄰近沒有其他棋子的圓點，不可跳過其他棋子。

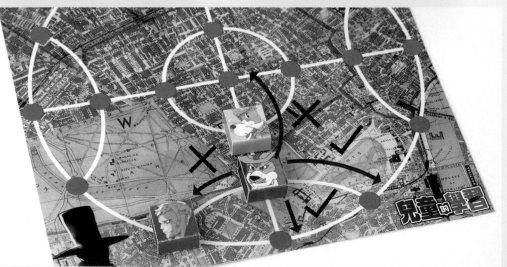

❸ 提子方法與圍棋相同，將對手的棋子包圍至無路可走，即可提取該棋子。

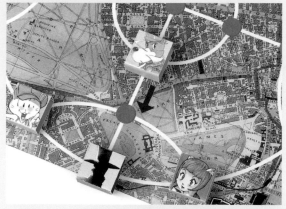

棋子被提走。

被提取的棋子不再使用。

❹ 以下都是遊戲結束的情況。

1 棋盤上只剩下某一方的棋子。

大偵探陣營勝

2 某一方陣營只剩下兩枚或以下的棋子，餘下較多棋子的陣營勝，數目相同則和。

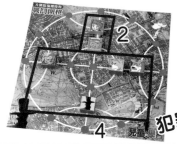

棋子雖然沒被圍住，也算輸了。

2：4

犯罪者陣營勝

3 某一方的棋子被包圍得無路可逃。

大偵探陣營勝

製作工具

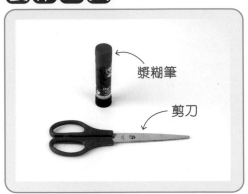

漿糊筆

剪刀

棋子摺法

沿虛線內摺，並塗漿糊黏好。

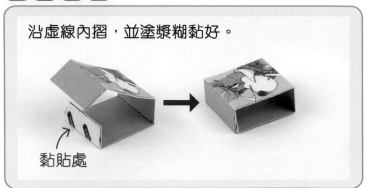

黏貼處

大偵探陣營　p.109 紙樣

福爾摩斯　　華生　　李大猩　　狐格森　　愛麗絲　　小兔子

犯罪者陣營　p.111 紙樣

M博士　　刀疤熊　　布烈治　　約翰·克萊　　諾丹雄　　格斯比·羅洛特

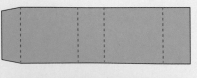  

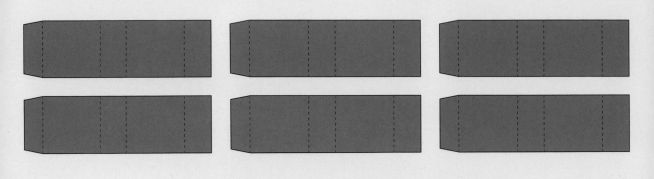

大偵探
福爾摩斯
SHERLOCK HOLMES
戰鬥
圍棋

大偵探福爾摩斯 故 事 骰

心癢癢想創作故事嗎？來一起玩「大偵探福爾摩斯故事骰」，考驗你的創意吧！

製作難度：★☆☆☆☆

製作時間：10分鐘

這是個簡單有趣的説故事遊戲。

所需材料

p.115、117 紙樣

剪刀　漿糊筆

＊使用利器時，須由家長陪同。

遊戲道具	遊戲人數
骰子4顆、結局卡8張	2人以上，以3-6人最佳。

人物骰　地點骰　結局卡

道具骰　行動骰

玩法

❶ 隨機抽1張「結局卡」，翻開置於桌面，讓所有玩家都知道故事結局。

❷ 任選一玩家作開始，將4顆骰子同時擲出，用1-3句「必須包含4個圖案」的說話為故事起頭（也可以用時間為限，例如必須在30秒內完成說話）。

❸ 輪到第2個玩家，同樣擲出4顆骰子，用1-3句「必須包含4個圖案」的說話接續第1個玩家編的情節，把故事延續下去。

❹ 最少要輪1圈。

❺ 直到有玩家能將故事合理地接續到「結局卡」上的故事結局，該玩家勝出。

例子

結局：
事情解決後，
大家快快樂樂地去游泳。

一定要解決某事情後，才可以去游泳哦。

玩家❶：「福爾摩斯」在「客廳」享用美味的蛋糕（「食物」）時，門外傳來「打鬥」聲。

玩家❷：原來是「華生」發現賊人在偷鄰居家裏的「珠寶」，福爾摩斯看到，便和華生一同「追逐」賊人，不知不覺跑到了「樹林」。

玩家❸：「李大猩」看到也來幫忙，可是他「受傷」了跑不快，他掏出手槍（「武器」）一開，打偏了，他們跑到了「墓地」。

玩家❶：他們從墓地跑到「海邊」，在附近的「狐格森」看到，一個縱身飛撲逮住了賊人，他們「爭論」誰用「馬車」送賊人上警察局，最後受傷的李大猩自告奮勇，「事情解決後，大家快快樂樂地去游泳」。

故事接續到「結局卡」上，玩家1勝出。

人物

地點

注意事項

❶ 人物須在有玩家擲出骰子後才可以使用，例如玩家❶和❷沒擲到「李大猩」，不可以說「李大猩」。

❷ 地點不可以自由跳躍，如擲得「樹林」，只可以是從某地點到「樹林」，不可以說從樹林到了「海邊」，接續說在海邊發生的事。

❸ 接續的情節須合理，例如玩家❸說了「李大猩受了傷跑不快」，往後的情節不可以突然出現「李大猩健步如飛」。

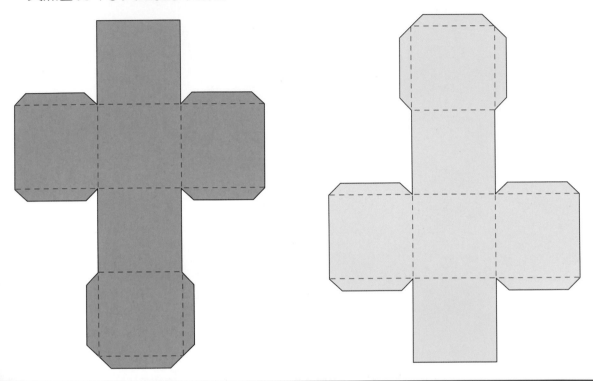

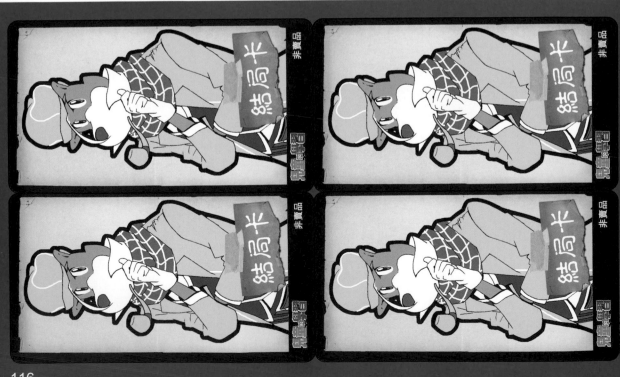

骰子摺法

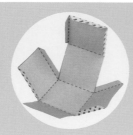

沿虛線
內摺。

黏貼處塗漿糊
黏好。

道具

—— 沿黑線剪下

---- 沿虛線內摺

黏貼處

行動

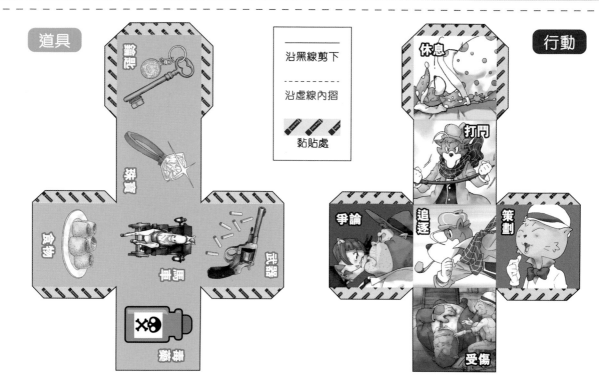

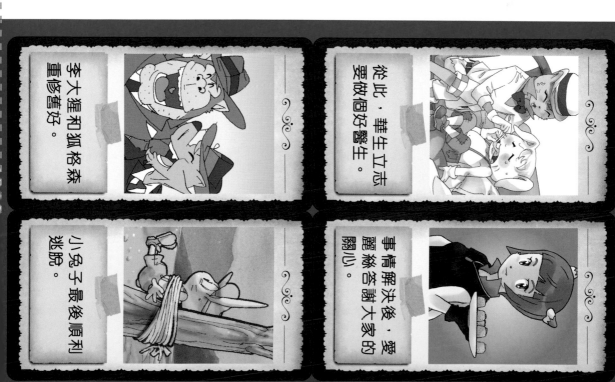

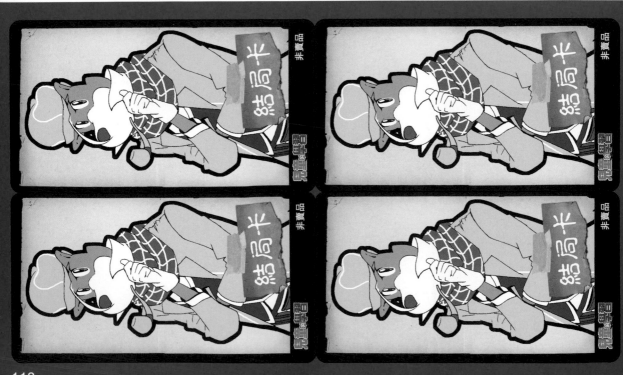

大偵探福爾摩斯
大電影
雙海報瞬變卡

簡單剪貼，就能巧妙地轉換畫面，看起來像拉百葉窗簾那樣，拉一拉，就換成另一面。

製作難度：★★★☆☆
製作時間：約 30 分鐘

所需材料

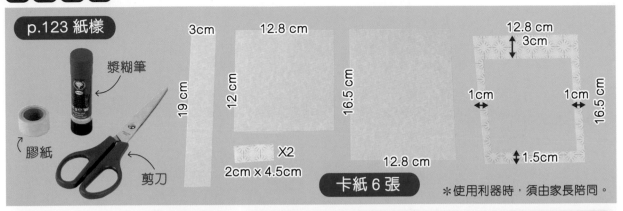

p.123 紙樣

漿糊筆

膠紙

剪刀

3cm　　12.8 cm

19 cm　12 cm　16.5 cm

12.8 cm

X2
2cm x 4.5cm

12.8 cm

卡紙 6 張

12.8 cm
3cm
1cm　1cm　16.5 cm
1.5cm

＊使用利器時，須由家長陪同。

---

1 翻到紙樣背面，如圖剪下8張長方條。

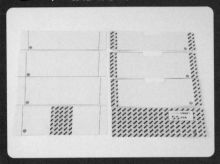

2 按指示將「煙花場景海報」貼在3cm x 19cm 卡紙上。

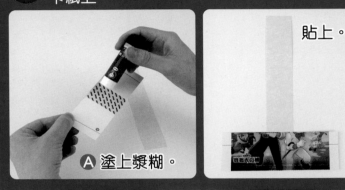

Ⓐ 塗上漿糊。

貼上。

Ⓑ 圖的邊對着
Ⓐ 圖的紅線。

畫線作記號。

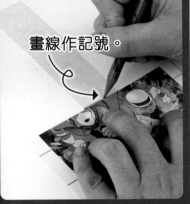

移去 Ⓑ 圖，向下量
0.5cm，畫線作記號。

0.5cm

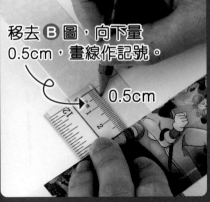

取紙覆在記號下，
在兩個記號之間的範圍
塗上漿糊。

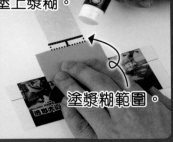

塗漿糊範圍。

貼上 Ⓑ 圖。

邊緣對着紅線。

重複貼 Ⓑ 圖的方法。

塗漿糊範圍。

貼上 Ⓒ 圖。

貼上 Ⓓ 圖。

3 翻到背面，沿黑線把各長方條剪成梯形。

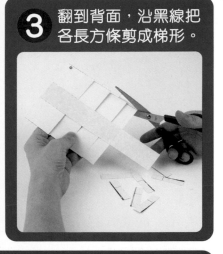

4 「滑雪場景海報」的 Ⓐ 圖背面塗上漿糊，貼在12.8cm × 12cm卡紙上。

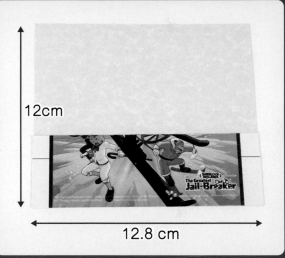

12cm

12.8 cm

5 卡紙兩邊塗上漿糊。

塗漿糊範圍。

6 按 Ⓑ 圖、Ⓒ 圖、Ⓓ 圖順序貼上。

邊緣對着紅線。

7 將兩個場景合併。

逐片穿出。

8 取全張的12.8cm x 16.5cm卡紙，量度1.5cm畫上記號。

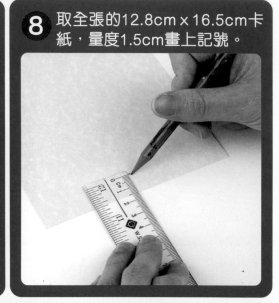

9 做法 7 背面塗上漿糊如圖貼上。

1.5 cm 記號

10 三邊塗上漿糊，貼上花紙。

不用塗漿糊。

11 對摺兩張細紙條貼在封口位作安全扣。

0.5 cm

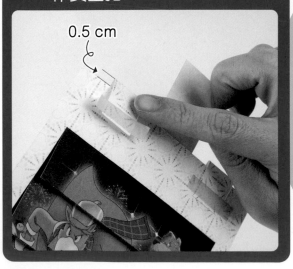

完成！
拉拉看吧！！

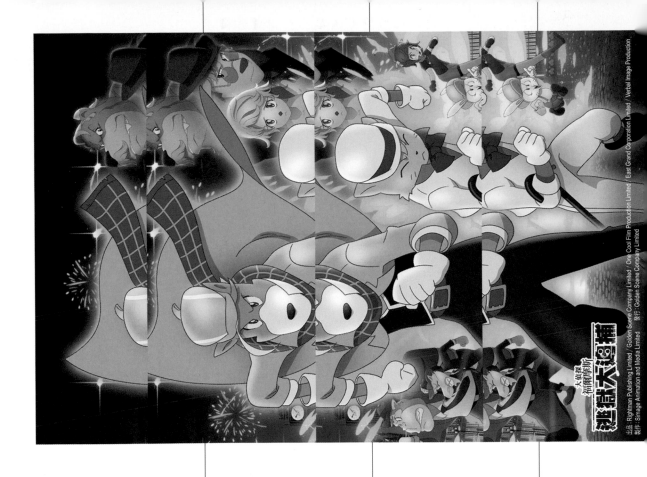

出品：Rightman Publishing Limited / Golden Scene Company Limited / One Cool Film Production Limited / East Grand Corporation Limited / Verbal Image Production
製作：Simage Animation and Media Limited   發行：Golden Scene Company Limited

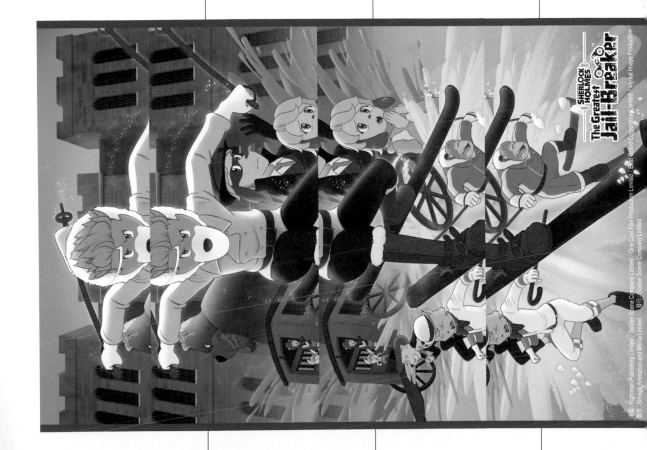

出品：Rightman Publishing Limited / Golden Scene Company Limited / One Cool Film Production Limited / East Grand Corporation Limited / Verbal Image Production
製作：Simage Animation and Media Limited   發行：Golden Scene Company Limited

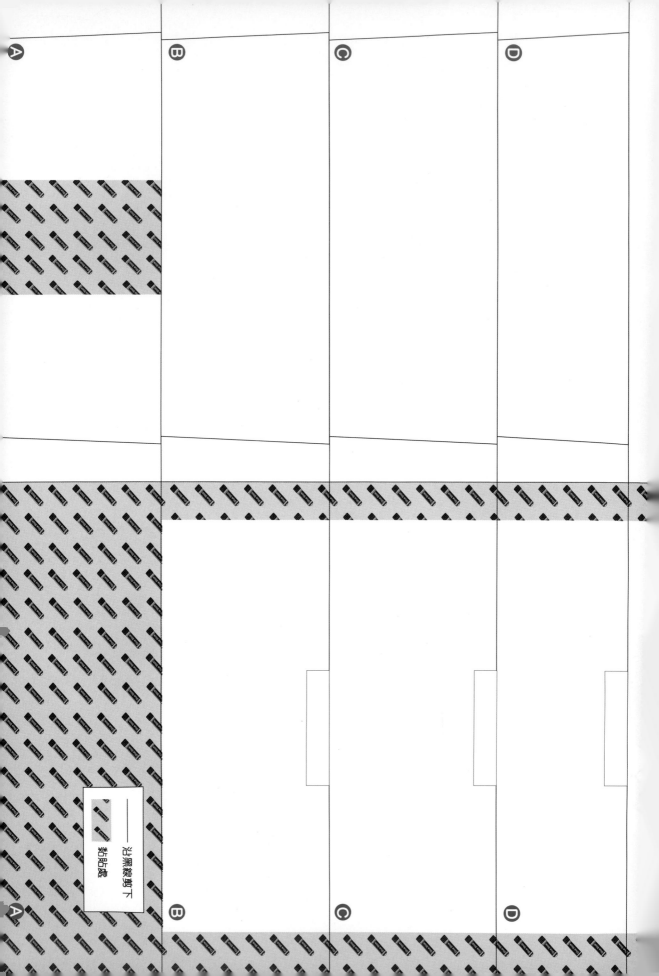

A

B

C

D

A

沿黑線剪下
黏貼處

B

C

D

摺出精美羽毛筆

時至今日，一般都不會用羽毛筆寫字，但羽毛筆曾是西方的主要書寫工具。你也想擁有優雅的羽毛筆嗎？一起來摺一支吧！

製作流程會分階段圈着「Check!」，如摺出來的樣子跟「Check!」不一樣，就看那個階段的哪一個步驟出了錯，逐步逐步慢慢來，就能成功！

Sherlock Holmes

製作難度：★★★☆☆
製作時間：35 分鐘

所需材料　製作流程

手工紙1張

漿糊筆

剪刀

＊使用利器時，
須由家長陪同。

1 對摺紙張成三角形，再打開。

2 如圖對着摺痕向內摺，翻轉紙張。

3 同樣對着摺痕向內摺。

4 如圖撐開紙張，摺成三角形。

重複右邊步驟。

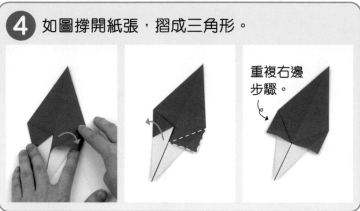

5 如圖黃點對着黃點位置摺過去，再打開。

邊對邊。

打開。

摺痕

左邊同樣摺法。

點對點。

邊對邊。

摺痕

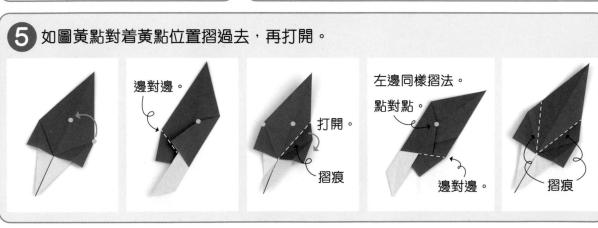

6 沿着三角形的邊內摺，再打開。

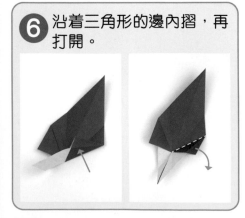

7 三角形的邊對邊內摺，再打開。

8 左邊重複步驟❻和❼。

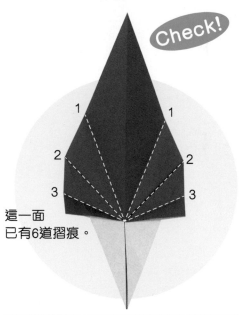

Check!

這一面
已有6道摺痕。

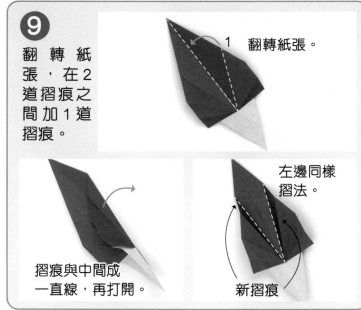

9 翻轉紙張，在2道摺痕之間加1道摺痕。

翻轉紙張。

摺痕與中間成一直線，再打開。

左邊同樣摺法。

新摺痕

10 在指着的2道摺痕之間加1道摺痕。

邊對邊對摺。

打開。

新摺痕

重複前一組的做法。

邊對邊對摺。

打開。

新摺痕

邊對邊對摺。

打開。

11 左邊同樣摺3道摺痕。

加些標記表示，就更清晰易見。

重複剛才的步驟。

沿黑線剪下

黏貼處

筆咀1

筆咀2

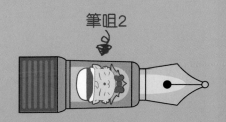

Check!

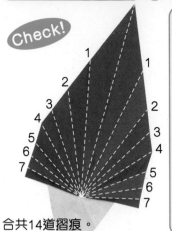

合共14道摺痕。

12 如圖摺出三角形摺痕。

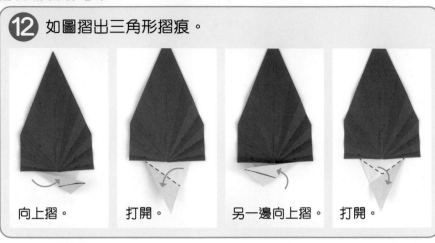

向上摺。　　打開。　　另一邊向上摺。　　打開。

13 翻轉紙張，如圖邊對邊內摺，再打開。

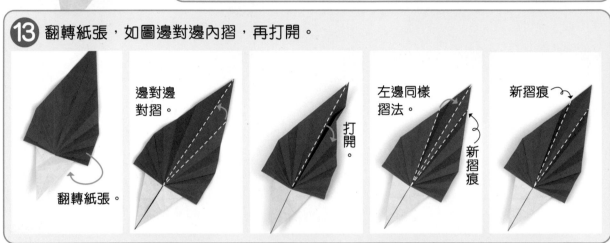

翻轉紙張。

邊對邊對摺。

打開。

左邊同樣摺法。

新摺痕

新摺痕

14 如圖摺出尖角。

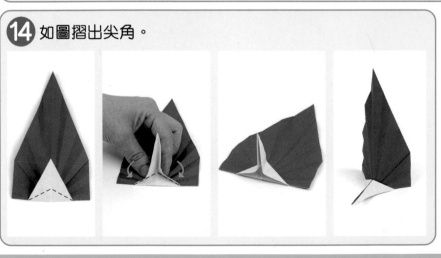

15 如圖沿摺痕摺出波浪形。

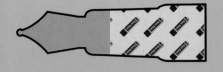

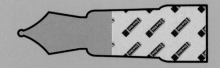